CHARADE BUNKO

Illustration

蓮川愛

CONTENTS

ミルクと真珠のプロポーズ

CHARADE BUNKO

Prologue

心の中の、小さなグラス。

真っ白なミルクが入っていて、揺れないようにと祈り続けた。

不安や悲しみが襲ってくると、グラスがガタガタ揺れる。中に入ったミルクが、あちこちに零(こぼ)れて、とても惨めな気持ちになった。

それは自分が弱いせい。でも、そんな言い訳はダメ。

飛び散った液体を見ながら、弱いだけではダメだと強く思う。

意気地(いくじ)のないことに甘えていてはいけない。

人間も動物も、守るものができたら強くなる。すごく強くなれる。

強くなれ。強くなれ。強くなれ。

どんな運命が襲ってきても、愛(いと)しい人たちを守れ、戦え。

ぼくはアウラとアモルを守る。そして、アルヴィも守りたい。

お門違いだと笑われるだろう。

だって相手は公世子殿下で大富豪。おまけにとんでもなく美しく凛々(りり)しい。そんな彼をオメガの自分が、どうやって守るというのか。

それでも。
命を投げ出してでも愛する子供たちと、愛する人を守りたい。
心の中のグラスを、揺らさない。
誰も悲しませないようにと、心をしっかりつなぎとめる。
愛する人たちを、守りたいんだ。

1

「君主の日？」

唯央(いお)が首を傾(かし)げると、ナニーのマチルダが、驚いたように目を見開いた。

「唯央さま、まさかご存じないのですか？」

そう言われて瞼(まぶた)をパチパチさせ、ようやく思い至った。

「ぼく子供の頃にオメガ認定されちゃって、家に閉じこもっていたんだ。だから世情に疎いっていうか」

「でも、祝日ですわ。連休ですわ」

「大きくなったら父親が亡くなるし母親も病気になって入院したから、バイト三昧でさぁ。世の中の動きっていうか、常識が欠けているんだ」

笑い話のつもりだったが、マチルダは目に涙を浮かべていた。

「い、唯央さま……っ」

「え？　どうしたの？　ここ泣くとこ？」

狼狽(うろた)える唯央に、マチルダは大泣きだ。

「だって祝日をご存じなかったなんて……っ。お、お、お可哀想(かわいそう)です」

「子供の時の話だし、まぁ、バイトは大変だったけど、泣くことでもないよ」

　あっけらかんと言って、ベビーベッドにいたアモルを抱き上げて、ソファに座った。赤ん坊はご機嫌で、キャッキャッとはしゃいでいる。

「それで、君主の日って何？」

　話を戻すと、マチルダはハンカチで涙を拭って、背筋を伸ばした。

「失礼しました。君主の日は、大公殿下のご生誕と、大公の守護聖人をお祝いする、ベルンシュタイン公国最大の祭典でございます」

「……なんか、すごそう」

　膝に乗せていたアモルを、ぎゅっと抱きしめた。大公殿下とは唯央の最愛の番(つがい)であるアルヴィ公世子の父君に当たる。

「誕生日が祝日になっちゃうなんて、大公殿下ってすごい方なんだね」

　しみじみと呟(つぶや)くと、またしてもマチルダが目頭を熱くしている。

「物知らずで、ごめんね。泣かないで」

「ベルンシュタインの民、とりわけ子供たちは、君主の日を何よりも楽しみにしています。それをご存じなかったなんて……。唯央さまは、どのようなお暮らしをされていたのですか」

　涙目になっているマチルダの肩を、ポンポンする。

「まだオメガ保護法は制定されてなかったから家族ともども、隠れるみたいに生活してた。学校も、ほとんど行けなかったなぁ。子供の頃は、テレビも家になかったし」

「なんと、おいたわしい……っ」

「いやいやいやいやいや」

「オメガとしてのご苦労は聞き及んでおりますが、何度お話を伺っても悲しいです」

よよよっと泣き崩れるところを見ると、やはりオメガの自分は、他人からは悲惨だったのだろう。

いつもの流れなら「だって、ぼくオメガだもん」とうじうじするところだが。

「昔は昔。今のぼくはアルヴィのオメガだから、悲しいことなんか、何もないんだ」

そう言って笑った顔は、涙ぐんでいたマチルダでさえも、見惚れるほど晴々としていた。

向けた視線の先にあるのは、いくつも飾られた写真立て。

写っているのは唯央と、小さなアウラと赤ちゃんのアモル。そして公世子アルヴィの、端整で美しい姿だった。

□□□

ベルンシュタイン公国は、ヨーロッパの端っこに位置する小国。

国の規模は小さいが、大公は膨大な不動産を世界各国に所有する不動産王であるし、カジノ経営の独占的権利を持っている企業の、筆頭株主。いわば大富豪だ。

その大公を父に持つアルヴィは公世子。息子のアウラも公子。華やかなロイヤルファミリーの末裔(まつえい)だった。

ベルンシュタイン公国宮殿の、敷地内の一角に建てられた屋敷に住むのは、唯央・双葉(ふたば)・クロエ。庶民のオメガだ。

ベルンシュタイン人の父と、日本人の母との間に生まれた唯央は、子供の頃に受診した病院で、オメガと判明した。

公子でもないオメガが、なぜ公宮殿に住んでいるのか。それは唯央がベルンシュタイン公国の公世子、アルヴィと番の誓いを結んでいるからだ。

世界に新しい性が生まれて、すでに久しい。

ほとんどの市民が属するベータは、実直で真面目(まじめ)、そして性質が優しい。

数が少なく、特権階級が多くを占めるアルファは、突出した美貌と才能を持つ傑物が、裕福な家系からあまた輩出される。

そしてオメガ。

希少ゆえに異端視され続けた、奇妙な生き物。

オメガは成長するとヒートの時期を迎える。番と定めた相手と性交し、性別にかかわらず妊娠するのだ。

動物の発情期と同じ。それがヒート。

発情するとオメガは、麝香に似た匂いを発散させる。

その時期が来ると、子供を作ろうという本能に悶え、男を誘い込む。だからオメガは疎まれた。忌みものとして隔離もされたし、迫害もされ続けてきた。

ただし出産を終えたオメガは、憑き物が落ちたみたいに平常に戻る。ヒートの記憶も曖昧になり、子供を溺愛するのが通例だった。

(でも、たまーに例外がいるんだよね。……ぼくみたいに)

思い出すと頬が赤くなる。例外というのは、ヒート後にまた発情したことだ。その際に赤ん坊を授かることはなかったが、可能性がないわけでもない。

(改めて思い出すと、めっちゃ恥ずかしい。なんで、ヒートが来たのかな)

自分の身体から、むせ返るような麝香の香りがした。発情している時は、理性と身体がグズグズに蕩けて、頭がおかしくなりそうになる。

そして脳みそが煮えたぎる中、頭の中は性欲だけしかなかった。男に種を注いでもらい、赤ん坊を作ることしか考えられなくなる発情。

(最初は一生、番なんて作らないって思っていたのになぁ)

発情なんか、したくない。ヒートなんか、真っ平だ。

そう突っぱねていた。子供だったのだ。だから鎧で心を覆っていた。でも。

アルヴィと出逢って優しくされ、大切にされて自分は変わった。

いつも自分を卑下し、ヒートに怯え、身の置きどころがなかった幼い子供。いつもいつも針を出してビクビクしている、ヤマアラシみたいなものだ。

「それでは、いったん下がらせていただきます」

物思いに耽っていた唯央は、マチルダの声でハッとなる。

「あ、ご苦労さま。また後でね」

いつものように挨拶をして、その姿を見送った。アモルと二人で、のんびり時間。

アモルは体温が心地いいのか、くぅくぅ寝息をたてて眠ってしまった、我が子の可愛いお腹に、そっと手を乗せてみる。

ほんわりした感触に、つい笑みが零れた。

「あー……、癒されるぅぅ」

規則正しく上下する丸い腹部は文句なしで、ずっと触っていても飽きない。

(ヒートを迎える前は、番とか赤ん坊とか、ぜんっぜん考えられなかったのになぁ)

周囲から迫害され、忌まわしい存在だと思い込んでいた、幼く未成熟だった昔の自分。

オメガの自分が嫌で嫌で、仕方がなかった。

でも、今は違う。

アルヴィの番。大切な家族を築けた、一人の人間だ。

オメガの立場も変わってきた。現在では保護法が制定され、守られる存在となった。

家族とひっそり暮らしていたから、世の中の流れがわかっていなかった。

周囲もオメガなんて馴染みがないから、どう対応していいかわからない。わからないから異質であり、脅威だったのだろうと、今ならわかる。

（アルヴィがいてくれて、よかった。好きな人と番になれて、本当によかった。わからないのは、どうしてアルヴィみたいな人が自分なんかを選んだのか）

首を傾げながら考え、ポンと膝を打つ。

「毎日ステーキを食べていたら、野菜が食べたくなるのと同じだ」

身も蓋もないことを考えついて、一人で納得する。

高貴な身分でありながら、優しく思いやりのある彼。端整な容姿と明るい気質で、国民から絶大な人気を誇っていた。

そんな人が自分に手を差しのべてくれ、可愛いアモルも授かった。

アルヴィと前妻のルーナとの間に生まれたアウラも、ものすごく愛らしく賢い。あの子が可愛くて。大事で仕方がない。

自分がこんなに恵まれていいのか不安だけど、これが運命だとしたら、受け入れよう。

そして誇り高く生きなくてはならない。

愛するアルヴィや可愛い子供たち、そして唯央に力を貸してくれる人たちのためにも、恥じぬ生き方をしよう。

そんなことを考えていると、ノックの音が響いた。

「失礼」

扉を開いたのは、予定が詰まっている公世子だった。

「アルヴィ、どうしたの？　来客の予定だったよね」

「先方の都合で、キャンセルになってしまいました。まだ仕事はあるけれど、その前に私の天使たちから、祝福のキスをもらおうと思いまして」

私の天使たち。アモルとアウラ。子煩悩なアルヴィ。二人の子供を溺愛しているから、このような恥ずかしい台詞を真顔で言う。

ただ臆面がなさすぎて、知らない人が聞いたら、笑うか無言になるかのどちらかだ。だが唯央は毎日のことなので、耐性ができている。

何より愛おしい我が子とアウラを可愛がられて、嬉しい気持ちしかない。

アルヴィが着ていたジャケットを脱いだので、受け取ってハンガーにかける。シャツとベストという楽な格好になった彼は少し首を回して、辺りを見回した。

「私の天使その一さんは、お留守ですか」

「あ、そうそう。アウラはまだ、戻ってないんだ」

私の天使その一さんはアウラ。ちなみに、その二さんはアモルで、唯央は番号なしだ。

「そうか。水曜日は、団体生活の日でしたね」

私の天使その二さんにただいまのチューをしながら、アルヴィは部屋の中を見回した。

アウラが通っているのは、上流階級の子弟が集う、キンダーガーデン。

公子であれば家庭教師をつけて、屋敷から出さないのが普通だ。だが、父親であるアルヴィがこの慣例に異を唱えた。

社会性を身につけさせるために、普通の教育機関に預けるべきだと。

アルヴィの方針とはいえ、言われたほうだって慌てる。一国の公子を、いきなり預かるわけにはいかない。施設側の設備や、警備の問題があるからだ。

けっきょく公宮殿が出資し、民間が経営する形でキンダーガーデンが設立された。アウラ以外にも、いわゆるセレブの子弟が一緒に、そこに通っている。

(アルヴィは優しくて紳士なのに、たまに無茶をする)

唯央が困ったものだと考えに耽っていると、急に名前を呼ばれた。

「え？　あ、ごめんなさい。えぇと、アウラが、まだ帰ってきてない話だったっけ」

「アウラとアモルはもちろん天使ですが、きみという大天使に、祝福のキスを賜りたい」

彼は臆面もなく、甘すぎることを言ってのける。

ワタワタする唯央がおかしかったのか、優美な微笑(ほほえ)みに見つめられていた。視線が気恥ずかしくて、口調が素っ気なくなる。

「……なんで笑うの？」

「いえ、私の天使は愛おしいと思いまして」

このべた褒め。嬉しいというか、恥ずかしいというか面映ゆい。仕方がないので、無理やり話題を変えてみる。

「あのね、君主の日っていうのを、マチルダに教わったよ」

「今まで知らなかったのですか？」

かなり驚いた顔をされて、余計な話をしたと悟る。だが、時すでに遅し。

「そういえば最初にお逢いした時も、私やアウラの顔を、ご存じなかったですよね」

そこを突かれると弱い。これは決して、自意識過剰な言葉ではないからだ。

最初は知らなくて、普通だと思っていた。けれど、街の至るところに、ポスターが飾ってあるし、お土産(みやげ)用のグッズに大公一家の顔がプリントされている。

特に、この美しい公世子は大人気なのだと、マチルダが教えてくれたし、アルヴィの父親である大公に至っては、紙幣に顔が使われている。

（紙幣に刷られている人の顔に、興味なかったなぁ）

小さくなった唯央を抱きしめながら、アルヴィは顔を覗(のぞ)き込んでくる。

「これは由々しき問題だ」

「ご、ごめんね。大公殿下のお顔は覚えているんだけど」

「そうですね。現在の紙幣に刷られていますから」

「あっ、そうそう。だから見覚えがあったし」

「本当に見覚えありましたか？」

悪戯っ子の瞳で訊かれ、早々に白状した。

「……ごめん。紙幣と縁のない生活だったので、知りませんでした」

「だから、私の顔も知らなかったのでしょう？」

「コインになっていれば、さすがにわかるよ」

「でしょうね」

にこやかに微笑まれ、自分の非常識ぶりに首を竦めた。

もちろん今では大公の顔を覚えたし、拝謁する機会もある。唯央にも優しくて品のいい紳士、大公殿下。いつも穏やかで温和。話すと、嬉しくなる方だ。

「私が先ほど、由々しいと言ったのは理由があります。私に関心がなかったからです」

そんなに深い話をしただろうか。キョトンとしていると、アルヴィは続けた。

「大公に関心がない人は、公世子にも興味ないでしょう？」

ちょっと拗ねている表情に、呆気にとられた。

「ごめんね。当時は働くのに必死で、世の中のこと、わかってなかったんだ」

「ええ、承知しています。なんの問題もありません」

柔らかい声に甘やかされ、頬が熱くなるのを感じて照れくさくなり、慌てて話題を変えた。

「あのさ、君主の日って、パレードはしないの？」

「なんです、急に？」

「当日は国中がお祝いするって、さっきマチルダに教えてもらった。戴冠式の時みたいに、殿下が馬車に乗って、アルヴィが馬で先導するとか」

そして大公一家が、宮殿のバルコニーに姿を見せる場面もあるという。集まった国民に手を振り、空軍の儀礼飛行を見守るのが慣例だそうだ。

「また大礼服姿が見られるね」

「大礼服は着ます。でも大公殿下がお疲れになってはいけないし、パレードはしないようです。それに私が騎乗するのも、あまり好ましくない」

「えー」

「騎乗して馬車を先導するのは、もう、やりたくありません」

まさかの、本人が乗り気ではなかった発言。

「どうして？　どうしてやりたくないの？」

「面倒だからに決まっています」

そう言って俯いてしまった彼の項が、ほんのり赤い。

これは、まさかまさかの。

唯央は呆然としてしまった。ベルンシュタイン公国の眉目秀麗な公世子で、国民投票ではつねに人気トップの彼が、まさかのまさか。

――照れていた。

(ええええ)

まるで高潔な少年のように照れて、少しだけ拗ねている。

(うわぁぁ、かっわいい)

胸が熱くなって、手が震える。鼓動が速まった。

(ずっと完璧な人だと思っていたのに。でも。でもでもでも)

勝手な思い込みではない。実際の彼は、穏やかな人だ。こんなふうに拗ねた姿は、唯央にしか見せないのだ。

(ああ、好き、可愛い、大好き。なんかもう、めちゃくちゃ好き!)

そう思った瞬間、どうしようもなく欲求が高まった。

(アルヴィを抱きしめたい。アウラにするみたいに、抱っこしたい。ギューッてして頭を撫でて膝枕して、のんびりして甘えたいし、甘やかしたい。……いや、今は公務の中休みだから、夜がいい。そうだ、そうしよう)

自分の中で勝手に決め、アルヴィの照れは見なかったことにした。

「残念だけどパレードが大公殿下のご負担になるなら、無理は言えないね」

唯央の言葉に、彼は顔を上げた。

「そうですね。その後は晩餐会(ばんさんかい)もありますし」

「でもアルヴィが馬に乗っているところが見られなくて残念、カッコいいのに」

「物珍しいだけですよ。格好いいなど……」

「アルヴィは、わかってないなぁ」

屈託なく言うと、唯央は愛する人を強く抱きしめる。

「だってぼく、あの時のアルヴィに、一目惚(ひとめぼ)れしたんだもん」

一世一代の大告白！　決まった！

と思ったその時。耳元で囁く声がした。

「以前も、そう言ってくれましたね」

顔を上げて目に入った彼の頬は、少し赤くなっていた。

自分より、もちろん大人。地位もあって大富豪で、ちっぽけなオメガなんか足元にも及ばない人。そのアルヴィが、こんな表情を見せるなんて。

こんなふうに思っちゃいけない。いけない。いけないけど、でも。

（かわいい）

自分に母性本能はないと思う。でも胸を熱くするこの想いは、愛情だけだろうか。同じ生き物として、とてつもなく彼が愛おしい。

見上げるほど長身で、何もかも兼ねそなえた青年が、可愛くて仕方がない。

しかし余裕があったのは、ここまでだった。

「あなたが初めてヒートを迎えた時に、こう告白してくれました」

「へ？」

「戴冠式のパレードで白馬に乗っているアルヴィを見た時、目が離せなくなった。もっと見ていたいと思ったと」

「そんなこと言った？」

「ええ。ずっと、――――ずっと好きだったと言ってくれましたよ」

低い声で自分の譫言を繰り返されて、一気に血の気が下がる。

「うわー、うわー、うわー！　ややややややめてー」

そう囁かれて、真っ赤になりながらジタバタする。

初めての発情の時、自分がどうだったのか。

憶えていないから、恥ずかしい。いや、憶えていたら、さらに恥ずかしいだろう。

ヒートから醒めた時に残っていた身体の痣や、あちこちについた赤い印。あれはもう、言わずもがな、情欲に乱れまくった証拠だ。

慌てふためく唯央とは対照的に、アルヴィは余裕の表情だ。形勢不利だと察した。

(可愛いって思ったのに、思いっきり仕返しされてるー！)

顔どころか、身体中が熱くなっているのが恥ずかしい。きっとおかしな顔をしているだろう。恥ずかしくて、思わず俯いてしまった。

そんな反応をどう思ったのか、彼は唯央を甘く抱きしめた。

「顔が真っ赤ですよ」

「いじわる……」

困り果てていると、額にチュッとキスをされる。

「それならもっと、意地の悪いことをしましょうか」

会話は淫靡だが、笑顔が美しく爽やかなので、いやらしく感じない。それどころか素敵すぎて、熱がどんどん上がっていく。

この時点で勝敗は決まった。しょせん唯央が勝てる相手ではない。

(美形って、得だよなー)

悪態じみたことを考えながらも、アルヴィの腕の中でうっとりと目を閉じる。

この人が好き。大好き。

彼と知り合う以前の自分が、想像つかない。どうやって生きてこられたのか、わからない。バカみたいだけど、それぐらい好きだと思った。

由緒あるベルンシュタイン公家の、正統な継承者である証し、金色の瞳。それらは畏怖の念とともに、自分にはない美しさを感じさせる。

オメガに生まれて、イヤなことばかりだった。でも、オメガだったから、彼と結ばれたのだ。感謝しかない。

「おかえりなさい。旦那さま」

うっとりと目を閉じ囁いても、少しも恥ずかしくない。

むしろ、もっと言いたい。

(旦那さま、……旦那さま)

唯央がアルヴィを、旦那さまと呼ぶようになったのは最近のこと。別に彼に言われたわけでもない。ただ、自然と口をついて出た言葉だった。

(もっと言いたいけど、他の人に聞かれたら恥ずかしい。だから、二人きりの時だけ)

そして、ぽろっと旦那さまと言った時、アルヴィがものすごく嬉しそうに微笑んでくれたから、二人きりになると、そう呼ぶようになった。

「ただいま。私の唯央。私だけの唯央……」

二人はどちらからともなく、再び抱きしめ合う。甘くて優しい時間が、二人を包み込んでいくのを感じた。

2

祝祭に向けて、宮殿も離れの屋敷も慌ただしい。

三日三晩の祝賀会に、夜会に、パレード。大人も子供もお祝いムードでいっぱい。祭りが始まる前から、皆が楽しそうだ。

「楽しい忙しさだよね。ぼくも子供の頃から、参加したかったなぁ」

と思いつつも、それほど本気で悔しいわけでも、悲愴なものでもない。心の奥底で、人は人、自分は自分と思っているからだ。

「それより忙しそうだから、手伝いたいんだけど……」

もちろん手伝いを申し出てはいた。だけど執事も使用人たちも、示し合わせたかのように、無言で微笑みを浮かべるばかりで、誰も頷（うなず）いてくれなかった。

『騒々しくて申し訳ございません。唯央さまのご迷惑にならぬよう、細心の注意を払いますので、どうぞごゆっくりなさってください』

さらっと言われて、返す言葉もない。

要するに、黙って座っているのが最高のお手伝いというヤツだ。扱いが四歳のアウフと、まるで変わらない。

うむーと思ってアルヴィに相談してみたが、彼も苦笑を浮かべて頭を振った。

「失礼しちゃうね。ぼく雑用は、得意中の得意なんだよー、だ」

苦しい家計を助けるために長い期間、幼いながらに働いていたのだ。

しかし今は、貧しいオメガの子供ではない。もう立場が違う。自分が出ていくと、皆が気を遣うし、仕事が進まないのだ。

（殿下の番って、けっこう面倒だなぁ）

公世子殿下のオメガ。これは会社とかで考えると、社長の奥さんが、皆に止められても構わず、せっせと床掃除するのと同じだろうか。

言いかえれば、お偉いさんの身内は、現場に出るなということだ。

「うむむむー。逆差別っていうのコレ。淋しい。アモルー、遊んでー」

思わず抱きついたのは、まだまだ乳児。

手伝いもしないで赤ん坊と戯れているのが仕事だなんて、実に優雅だ。だが。

（実は優雅でもないんだよー……）

しょんぼりしている理由は、まさしく赤ん坊のアモルだ。

生後四か月のアモルの瞳は碧い。でも、それは特別なことではなく、西洋人の瞳の色は生まれてすぐだと、碧くなる確率が高いと言われている。

碧い瞳に生まれても、徐々に変化して生涯の色が決まるというのだ。

アルヴィに訊くと、アウラも今は金色の瞳をしているが、生まれた時は碧色だったという。三歳の直前で金色の瞳になり、そしてアルファと認定されたのだ。

医師もアモルに目の疾患はないと言うし、光に反応する。動きも正常。だから心配はないと言った。何よりアモルは健康で元気だ。

「アモルちゃんは元気。げーんき元気」

歌いながら赤ん坊のお腹をポンポンし、なんとなく溜息が出る。

ミルクもぐんぐん飲んでくれるし、いつもご機嫌。よく笑うし、よく眠る健康赤ちゃん。親として嬉しい限りだ。

瞳の色を確認できないのが、正直もどかしい。

(できればアモルの瞳は、普通の色がいいな……)

この子が、アルファでないといい。

もしもアルファだったら、公子のアウラと公世子の座を巡って、争う未来があるかもしれない。杞憂で済めば笑い話だけど、そそのかす人間が、現れるかもしれない。

未来を見る力なんてない。だから我が子の瞳よ、碧のままであれと願う。

オメガが産んだ子供。それがアモルの立場であって、后妃の子供であるアウラと争うなど、あってはならない。それが唯央の信念だ。

もしオメガだったとしても、自分と同じ虚無感があるだろう。だが、それでも唯央が一緒にいる。寄り添ってやれるから、淋しくないだろう。

もちろん、ベータだって大歓迎。平凡でも当たり前の人生を、歩んでほしい。それが、いちばん幸福かもしれないのだ。

少なくとも唯央が苦しんだオメガの孤独に、苛まれることはないはずだ。

世界に自分しかオメガがいないかのような、寂寥感。そんなものに悩む人生なんて、つらいだけ。可愛い我が子には、平穏な人生であってほしい。

『瞳の色など関係ありません』

ふいにアルヴィの声が聞こえた気がして、顔を上げる。アモルの目のことで唯央がずっと、ぐずぐず言っていた時、彼に笑われたのだ。

『唯央は私の瞳が碧や緑だったら、番になってくれませんでしたか』

とんでもないことを言い放った彼の頬を、両手でサンドする。

『そんなわけないでしょう。怒るよ』

『私が言いたいのも、同じことです』

呆然としていると、優しい瞳で見つめられた。

『アモルの瞳が何色であれ、あの子に対する愛情は変わらない。ベータでもアルファでも、もちろんオメガでも、私とあなたとの、愛の証しだからです』

聞いているほうが赤面するような台詞を、彼は真顔で言った。

恥ずかしかったけれど、でも嬉しい気持ちが大きい。愛情の大波だ。だってそれは、愛されているってことになるはず。

『アルヴィ……』

『はい』

『アルヴィ、好き……』

『知っています』

平然と言ってのける男の胸に額をくっつけて、何度も同じ言葉を繰り返す。

『じゃあ、大好き。だいすき。大好きなんだからね……っ』

思わず口をついて出た甘い言葉に、彼は応えてくれた。

『ありがとう、嬉しいです』

何度もキスをしてくれて、抱きしめられた。

思い出すと、気持ちがふわふわする。優しい思いが、身体中に満ちてくる。

(好き。本当に好き。ぼく、オメガでよかった。嫌なことは数えきれないほどあったけど、それでも番に逢うための、準備だったと思えばいいんだ)

初めてのヒートの時は、こうやって胸に抱かれて甘えられるのが、嬉しかった。

今は甘えて甘やかすことが、すごく嬉しい。

アルヴィの胸の中で、唯央は自分が涙ぐんでいることに、気づいていなかった。嬉し涙なんて流したことがなかったから、目から零れる雫の正体が、わからなかったのだ。

でももう、違うとわかる。悲しい嗚咽とは別に、嬉しくて零れる涙があることを。

「うぷぷぷぷぷ」

自分の考えに耽っていたところで、アモルが発する、ぷいぷい音で我に返った。

ついアルヴィとのやり取りを思い出して、にやけていたのだ。何をしているのかと、顔が赤くなる。それを誤魔化すため、凛々しく我が子に命じた。

「アモルくん。三歳で瞳の色が変わっても、いつでも元気に明るくいたまえ」

上官のような口調で言うと、柔らかい頬っぺを、指でぷにぷにする。

どんな目の色になるかわからないけど、今は、のんびりしよう。

「あー……、可愛い。アウラの頬も絶品だけど、アモル最高。食べちゃいたい」

危ないことを言いながら、我が子の頬をぷにょぷにょする。特権だ。ついでにコチョコチョすると、愛らしい笑い声が上がった。

「赤ちゃんの笑い声って、本当に可愛いな」

そう言ったのと、いきなり扉がバーンッと開いたのは、ほぼ同時だった。

何事かと目を見開くと、そこには件のアウラが立っていた。

キンダーガーデンの制服、ショートジャケットと半ズボン。タイはリボンで、色は黒。文句なく可愛い姿だ。

「アウラ」

正気を疑うぐらい、甘い声で名を呼ぶ。すると、アウラはタタタッと走ってきて、唯央の胸に飛び込んできた。

「おかえり！　逢いたかったよ。ぼくのキューッピッドちゃん」

力の限り抱きしめると、さすがに苦しかったらしく、悶えている。

「むむむむーっ、唯央、おかえりー！」

「あははは っ、惜しい。そこは、ただいまだ」

恒例のやり取りをして、もう一回キス。

「アウラ、誰にもらったキャラメルを食べたの」

いい香りがするので訊いてみると、ちっちゃいお手々で口を押さえた。

「たべりゃないっ」

「うーん、ほとんど自白だよ。で、誰にもらったの？」

もう一度聞くと、昨日のオヤツの残りだという。

「そうか、よかった。でも、他の人から何かをもらっても、すぐ食べちゃダメだよ。必ずマチルダや、ぼくや、ルイスさんに相談してね」

「う」

富裕国であるベルンシュタイン公国の国民は、資産家が多い。だが、もちろん全国民が富豪なわけはない。

人間はいつ、どんな気持ちや、悪意を抱くかわからない。人を疑うなんて嫌だ。だから、把握するのは大事なことだった。

「ごめんなしゃい……」

しょんぼりするのは、自分が軽はずみに行動をした負い目があるからだ。こんなに小さいのに、公子の自覚があるのだろう。

(すごいなぁ。ぼくなんか四歳の頃は、遊ぶことしか頭になかったよ)

「ううん。ぼくが心配しすぎただけ。こっちこそ問い詰めてゴメンね」

お詫びに、もう一回キス。

「アウラ大好き。ずっと一緒にいようね」

「あいっ」

辛抱たまらず、ふたたびハグをする。暑苦しい二人だった。

「あっ、アモルちゃんにチューしなきゃっ、アモルちゃん、あいたかったぁ」

アウラはそう言って、ベビーベッドにいる弟に駆け寄ると、ぶちゅううううと濃厚なキッスの嵐だ。激しい。

「そういえば、今日はちょっと早い帰りなんだね」

「む」

ちびこ殿下が不満げだ。どうしたのかと、唯央が首を傾げる。

「あれっ？　なんで急に、おかんむり？」

「だって、まえ唯央、ゆったお。きょうは、はやいのよ、って」

そう言われて、保護者連絡をもらっていたことを思い出した。

「そういえば室内清掃の日だっけ。ごめん、ごめん」

この軽い謝罪にアウラはご不満そうな顔をしている。

「んもぅ、唯央、しっかく」

「失格？　ぼくがなんで、何を失格したの？」

しかし語彙が増えたし、記憶力もあるなぁと、感心が湧き起こる。

子供の成長って、すごい。

このことは後で、彼の母であるルーナの肖像画に報告しよう。病のため余命を宣告された彼女は、幼い我が子にママはこれから月になるのよと言ったそうだ。

月になり、ずっとアウラを見守るわね、と自分が死ぬ恐怖や喪失感よりも、遺していく我が子と夫に、あふれんばかりの愛を注いだルーナ。

自分はアルヴィの番であるが、妻は永遠に彼女である。それは誰がなんと言おうと、譲れない。それぐらいルーナを敬愛しているからだ。

そんなことを考えていたら、いきなり小さい手に頬をホールドされ、顔の向きを変えられた。そして真顔で問い詰められる。

「わっ、なになに。いきなり情熱的だね」

「ちあうっ」

「違うって何が？」

「唯央はぁ、アウラのこと、すき？」

「は？」

不安げな瞳で問われて、秒で言い返した。

「何それ。愚問だね。好きなんて言葉じゃ足りない。愛しているよ」

「ほんとぉ？」

「決まってるじゃない。ぼくの心と心臓は、アウラとアモルと、アルヴィに捧げてるんだからね。見くびってもらっちゃ困るよ」

そう言って小さい身体を、ギュッと抱きしめる。

そしてまたしてもハグして、チュー。終わりがない暑苦しさだった。

(アウラも、いつかぼくより好きな人ができるんだろうな)

ひゅうっと胸の中に北風が吹く。淋しくて泣きそうになった。

しかし涙をこらえ、アウラの顔をまじまじと見つめる。

「ぼくの愛情はね、アウラ、アモル、アルヴィの三人の間を、淀みなく循環している。言うなれば順不同。みんなが一番なんだ」

「……じゅん、ふどう」

「そう。順番なんかつけられない。アウラだって、パパ、ぼく、アモルが大好きでしょう？　その中で一位、二位、三位って、順番つける？」

「そんなのダメ。だってアウラみんな、ちゅき」

「そう！　ぼくも、みんな好き。大好き。みんなを愛している。これが大事なの。でもね、その中で心を捕らえて離さないのが、アウラなんだよ」

「アウラ？　どうちてアウラ？」

無垢（むく）な瞳でそう言われて、古い言葉がよみがえる。

まさに『ハートにズギュン』だ。

「それはね」

ぐぐーっと顔を近づけて目を見つめた後、オデコにチュッとする。

「アウラがむっちゃくちゃ可愛いから！」

ギューッとハグしてあげると、きゃーっと歓声が上がった。

「アウラもっ、アウラも唯央が、むっちゃくちゃ、かわいいの！」

「うれしい。ぼく、アウラのむっちゃくちゃだねっ」

「むっちゃくちゃ！」

「そう。むっちゃくちゃ。アウラもアモルもアルヴィもむっちゃくちゃ！　サイコー」

そう言ってあげると、アウラはキャッキャと笑い出した。

ああ子供って、なんて素直で純粋で可愛いくて、単純なんだろう。大好き。

「可愛いぼくのバンビーノ。両想いで嬉しいな」

「えへっ」

たらしの口調で囁くと、ノリのいいアモルも甘えてくる。そこで突然だったが、楽しい提案を思いついた。

「ねぇねぇ、今日はお天気がいいから、お昼ごはんを中庭で食べない？」

「おべんと！」

「お弁当は用意してないけど、ハムとか卵とか野菜とかを、パンに挟んで食べると、ピクニックっぽくなるんじゃないかな」

「ピクニック！」

アウラのテンションは上がった。だが、この突拍子もない提案に、マチルダが目を丸くしている。その顔を見た瞬間、自分の短慮を理解した。

（しまっ……）

唯央が気軽に放った一言で、何人もの使用人が動く羽目になる。

その証拠に、マチルダの表情が固まっていた。いろんな段どりをめぐらせているのだ。

　唯央はともかく、アウラとアモルは大切な公子である。いくら中庭といっても、警備もなしというわけにはいかない。

「あ、やっぱダメ、かな。こんな忙しい時期に、無理っていうか」

「え――――」

「ごめん。でもさ、みんなで食べるごはんは、ダイニングで食べても、おいしいよー」

　詭弁なので鋭い指摘が入った。

「みんなって、アウラと唯央だけ、よ。アモルちゃん、ミルクだもん」

「だーよーねー」

　子供のツッコミは鋭い。そして容赦ない。中庭でピクニックと言っていたのが、秒でダイニングに変更なのだから、納得いかないだろう。

　どうしようかなと俯いた瞬間、アウラが言った。

「やっぱ、いい」

「え、アウラ？」

「くんしゅの、ひ。もうじき。みんな、たいへん。アウラ、ダイニングでゴハンする」

　我が儘を言いたい盛りだというのに、この聞き分けのよさ。さすが！　と思ったが、その反面、こんな子供に無理をさせていることに胸が痛い。

　だがアウラは健気に笑って、唯央の服を引っ張る。

「おうちのなかで、ゆっくりゴハン。はやく、いこ」

「アウラ……」

多忙な使用人たちへの気遣い、うっかりなことを言った唯央への思いやり。たった四歳の子が、ここまで気を遣っているのに、自分は何もできない歯がゆさ。

「アウラ、あのね」

なんとかしようと唯央が口を開こうとした。その時。

いきなり扉が開かれて見慣れた、でも見飽きることのない人が、顔を出す。

アルヴィだ。

「話は聞かせてもらいました」

「アルヴィ、それ、なんの切り口上なの」

コメディ映画か小説で聞くような、コテコテの台詞とともに登場。

おかしくて笑いが止まらない、でも、かっこいい。美男は得であると溜息が出た。

「盗み聞きのような真似をして失礼。だが、唯央の心配は杞憂です」

「杞憂？」

「当家の中庭で寛ぐことに、なんの遠慮もいりません。そうだろう、ルイス」

アルヴィとともに入ってきた執事は、にこやかに頷いた。

「もちろんでございます。すぐご用意いたしますよ」

「ルイスさん……っ」

「お任せくださいませ。そして、わたくしのことは、どうぞルイスとお呼びください」

さすがプロ。この手の突発的事案は、慣れっこなのだろう。

そして唯央の見えないところで、警備や食事の手配を素早くこなした凄腕の執事はふたたび部屋を訪れ、澄ました顔でこう言った。

「お待たせいたしました。用意が整いましたので、中庭へどうぞ」

アルヴィと唯央、アウラとアモルのご一行は、中庭の東屋で昼食となった。

大急ぎで用意したというのに、並べられた献立は、見事なものだった。

冷たいポタージュから始まり、色とりどりのサラダ、卵のサンドイッチ、ほうれん草とベーコンのキッシュ、チーズとアボカドのグラタン、などなどなどなど。

手をかけてくれた、心づくしのメニューの数々だ。

「すごーい」

「おいちちょおぉー！」

はしゃぐアウラと同じテンションで、唯央も大喜びだ。

ピクニックらしく、籐の籠に入ったサンドイッチを運んでくれる執事に、申し訳ない気持ちになってしまう。

こんな大事になるとは、思ってもいなかったのだ。

「ルイス、お手間をかけて、ごめんなさい」

しょんぼりと言うと、執事はにっこり微笑んだ。

「とんでもないことでございます。お楽しみいただけてよかった」

東屋は、ちょっとしたパーティ会場だ。

アルヴィは、ゆったりとしたシャツと、ズボンで寛いでいた。風が心地いい昼日中、皆でおいしい食事を楽しむなんて、すごく贅沢だ。

「ねぇ、アウラ。ごはんが終わったら、キャッチボールやらない？」

「きゃっち、ぼぉる？」

「あ、もしかして、やったことない？　ぼくがボールを投げるから、アウラが捕って、投げ返すんだ。単純だけど面白いよ」

「やるっ」

なんの気なしに誘うと、またしてもマチルダが、びっくり目をしていた。どことなく、空気が冷えた気がして、唯央は再度、地雷を踏んだと気づく。

「あ、あれ？　あれあれあれ？　えーと、まさかキャッチボールもNG？」

困った顔をするマチルダと無表情のルイスに、自分の失敗に気がついた。

そうだ、相手は公子。将来はアルヴィと同じく公世子となり、ベルンシュタインを継承する大公となる存在だ。

近所のちびこではない。制約の多い、大富豪のセレブなのだ。

確か東の国の皇太子に、ご学友が遊びでプロレス技をかけたら、側近が飛んできて引き離された。その後、ご学友は名門学校を退学になったと、聞いたことがある。

(うわー、ぼくまた、やっちゃった。側近の人たちがみんな無表情になってる。怖い)

しかし。

「そこまで気を遣わなくても大丈夫です」

父親であり、公世子であるアルヴィは気楽に応えた。それに対して。

「殿下」

冷静な声がした。唯央の背中に緊張が走る。アルヴィの幼馴染であり、侍従を務めるエアネストだ。

長身で逞しい体躯をした彼は、地味な色のスーツに身を包んでいた。そして無表情だったが、鷹のように鋭い瞳で唯央を睨んでいる。

(あああ。エアネストが出てきちゃった。怒られる。淡々と怒られる)

思わず頭を抱えてしまった。

なぜナーバスになるのかというと、出逢った頃のエアネストは、オメガの唯央に対して、冷たく対応していたからだ。

唯央というよりオメガに対して、いい感情がなかったのだろう。

アルヴィとの間に一子を儲けた唯央には、当たりが柔らかくなった。だが、それでも最初にされた冷たい対応もあって彼とは、引きぎみの関係だ。

(眼がすごく怖い。大切な公子に危険なボール遊びを提案したんだから、当然か)

警備の指揮もしているし、入隊経験がある男の眼力は、とても鋭い。それもあって、唯央は落ち着かないのだろう。

「エアネスト、大丈夫だ」

「しかし殿下……」

「どのみちパブリックスクールに進学すれば、野球もクリケットも必修だ。そのたびに護衛が飛び出すのか。そんなバカげた生活は、ありえない。アウラは他の生徒と変わらぬ学生生活を送らせる」

アルヴィは素っ気なく言うと、メイドにキャッチボール用の球とグローブを持ってくるよう、言いつけた。それを聞いて、唯央が首を傾げる。なぜ、グローブなのだ。

「えーと、アルヴィ、本格的すぎない?」

首を斜めにする唯央に構わず、中庭では男たちの熱い戦いが始まった。

「ではアウラ！　パパが投げる剛速球を、受けてみなさい」

「あいっ」

「アルヴィ、剛速球って……、アウラに剛速球？　なんでよ」

かっこいい台詞とともに投げられたのは、予想範囲内の、やわやわ球だ。アルヴィのように上背のある男性の本気の球を、いきなり子供が取れるわけがない。

本人言うところの剛速球は跳ねながら、中庭に消えていった。

「あーん」

すっぽ抜けた球を見て、アウラが泣きそうな声を上げた。

「あっ、ボール拾いは、ぼくがやりまーす」

そう宣言して、転がったボールを追った。ずいぶん逸れた球を探しに行くと、調理場の近くまで来てしまった。

使用人が水洗い場にしゃがみ込み、野菜を洗っている。小柄な人物かと最初は思ったが、すぐに子供だと気がついた。

(子供。どうして子供が働いているんだ)

不審に思って見つめると、電気が走ったみたいに、身体が震える。

(あの子、オメガだ)

唯央は自分以外のオメガを、見たことがない。

話をしなくても、遠くからでも、自分と同じ種はわかるのかと驚いた。

「あ、あのさ、きみっ」

思わず声をかけると、子供はびっくりしたように立ち上がった。

「ぼ、ぼく、ぼく……っ」

「驚かせてゴメンね。ねぇ、きみ何歳？　なんで、ここで働いているの？」

「あの、あの。あの」

褐色の肌に、金色の髪。ものすごく整った容姿。

華奢（きゃしゃ）な身体を包むのは、使用人たちが着る服だ。なぜ、こんな子供が、使用人の格好をして働いているのか。

いろいろ疑問があった。しかし唯央は敢（あ）えて笑みを浮かべる。

「ぼく、唯央っていうんだ。きみと同じオメガだよ」

「オメガ？」

「きみもそうでしょう？　ぼく、自分以外のオメガを見たの、初めてなんだ」

「オメガ……」

彼は唯央の自己紹介よりも、オメガという言葉が琴線に触れたようだ。いきなり少年の瞳が潤む。そして大粒の涙が零れた。

「え？　えええ？」

大泣きし始めた少年を前に狼狽えていると、中庭の木陰からアルヴィが顔を出した。

「唯央、どこまでボールを取りに、……どうしましたか」

この屋敷にいるはずがない子供の姿を見て、アルヴィの動きが止まる。唯央は困って笑

うしかできなかった。

「ぼくも混乱してるの。この子、覚醒していないけど、オメガだよ。間違いない」

子供の泣き声が響く中、大人二人は何も言えなかった。

3

厨房(ちゅうぼう)から、低い叱咤の声が聞こえてくる。

使用人たちは手を止めることがなかったが、様子を窺(うかが)っていた。

「では申請もなく、身辺調査もしていない彼を雇ったのは、料理長なんですね」

「申し訳ございませんっ」

ルイスの冷静な叱責に、白のコックコートを着た料理長は、頭を下げ続けていた。

「祝祭に向けて人員が割かれて困っていたところ、ボーイのジンが実家の隣の子供に、下働きをさせてくれと言ってきたんです。それで野菜洗いならと思い、つい」

「わたくしに相談もなく、お屋敷に人を入れては困ります」

ルイスがつけつけと文句を言うのに、料理長はひたすら、頭を下げ続ける。

「おっしゃるとおりです。本当に申し訳ありません」

恰幅(かっぷく)のいい男が、痩せぎすの執事に平身低頭だ。それを唯央は、物陰から見ていた。

件の少年の名は、サージュ・カナー。まだ十歳だという。

彼は、華奢な背格好もあって、少女のようだ。それに褐色の肌に金髪という、ミステリアスな容姿だった。臨時雇いのせいか、サイズの合わないブカブカのボーイ服姿だ。

ボーイのジンという青年が連れてきた、隣家に住むという少年。

料理長が叱られている間、サージュも一緒に小さくなって、お小言を聞いている。

なんだか気の毒になってきて、唯央は思わず声をかけた。

「ルイス、サージュも疲れているみたいだから、ぼくの部屋に連れていっていいかな。アルヴィは別室にいるから、心配ないでしょ?」

「しかし唯央さま」

「こんなに小さな子だし、女の子みたいに華奢だもの。心配いらないよ。一緒にお茶でもどうかと思ってね」

部外者を室内に連れていくことを心配したのか、ルイスは思案顔だ。そして、唯央の望まない方向へ話を持っていく。

「では、エアネストを同席させていただきます」

「えええええ」

この時の心情としては『イヤ――――ッ』といったところだ。

エアネストはアルヴィの信頼も厚いし、悪い人ではない。

ただ、苦手なのだ。

そのせいで、どうしても緊張するし、ぎこちなくなる。そしてそれは、エアネストにとっても、同じようだ。

しかし、不安そうな顔で見上げるサージュを、休ませてやりたい気持ちが勝った。

「えー……。えー……。いい、よ。うん。エアネストね。うん、エアネスト……」

しどろもどろに承諾する唯央を見て、ルイスも察したらしい。

「ではマチルダも同席させましょう」

温情に等しい一言に、思わず笑顔になった。

「ルイス、ありがとう!」

「とんでもないことでございます。きみ、唯央さまのお部屋に行ってよろしい」

ルイスはサージュにしかつめらしくそう言うと、早速エアネストに電話をかけ、こちらに来るよう、言いつけていた。

□□□

(それにしてもサージュって、カッワイイなぁ)

唯央がしみじみ思うのも、無理はない。サージュは、べらぼうに可愛かった。

小づくりの顔に収まった、ターコイズブルーの大きな瞳。それを縁どる長い睫(まつげ)。小さな鼻にぽってりした唇。そして褐色の肌と、明るい金髪。背格好も小柄で、少女のよう。

不安なのか大きな瞳で見上げてくる姿は、よくできたビスクドールだ。

（か、か、か、可愛いぃぃぃぃっ）

可愛い子供が大好きな唯央は、身悶えしたい気持ちだった。

こんな愛らしいオメガが、唯央の部屋にいるなんて。

そこまで考えて、なぜウキウキしているのかと我に返った。可愛いお客さまに弱くても、大人として恥ずかしくない振る舞いをしなくてはと、無理やり話題を作る。

「サージュはお父さんと二人暮らしなんだね」

「うん。お母さんは病気で去年、死んじゃったの」

「そうなんだ。大変だったね」

サージュの言葉に、胸が痛くなる。自分の家庭環境がよみがえったからだ。どうやら表情が変わったらしく、顔を覗き込まれた。

「なぁに？」

「急に黙っちゃったから、ぼく何か変なこと言ったのかと思って。あの、ごめんなさい」

いきなり謝られて、面食らう。そして不安だから、まず謝るのだと気がついた。

「そうじゃないよ。ぼくも小さい頃に父が死んじゃって、母と二人暮らしだったんだ。でも母が病気になったのを思い出しちゃって、つい」

「そうなの？　かわいそう。お母さん、ずっと寝てるの？」

幼いなりに人を思いやる、優しい気持ちが伝わってきた。

「長いこと病気だったけど、親切な人が治療費を出してくれてね、治って退院したよ」

「そうなの？　よかったね。よかった。お母さん病気なの、やだよねぇ」

「うん。やだよねぇ」

幼い子供が拙い言葉で、慰めてくれる。

それゆえに、心の寂寥が伝わってきた。

彼の気持ちが痛いほど、わかる。わかるだけに、悲しくなる。病気の母親を憂えない子供など、どこにもいない。

「でも周りにいい人が多かったから、ぼくは救われたんだ」

そう言ってサージュの顔を見据えた。

「え」

「きみが、もし誰かに助けてもらいたいと思っているなら、ぼくが手助けしたい」

「ぼくはずっと、たくさんの人に助けられて、大人になった。だから今度はぼくが、困っている子に手を貸す番だ。その助ける相手がサージュだったら、すごく嬉しいな」

「ぼくを助けると、いいことあるの？」

「いいこと？　別にいいことなんて、期待してないよ」

「……じゃあ、唯央さまに迷惑をかけるだけだよ」

「あのさ、さま抜きで呼んでくれる？　唯央さまじゃなくて、唯央」

「だ、だって、偉い人だもん。呼び捨てなんて、怒られちゃう」

「だーいじょうぶ大丈夫。ぼくが頼んでるんだもん。誰かに怒られたら、ぼくに注意されたからって言えばいい。心配しないで」

「でも」

「唯央って言わないと、ぼくが怒るよ」

そこまで説明して、やっと小さな声で呟いた。

「唯央」

「そうそう。その調子」

にこにこ笑って、薄い背中をポンポンする。

「サージュが大人になった時、誰かが困っていたら、今度はきみがその人を助けてあげて。そうしたらその人も、同じことをする。どんどん困っている人が、助けられるよ」

彼は俯いてしまった。他人から厚意を示されることに、慣れていないのだろう。そんなところも、自分に似ている気がした。

自分はオメガだから。だから。だから。

そう思い続けて、縛られている気持ちになっていた。

でも自分を縛っていたのは、自分自身だ。

サージュが同じように囚われているならば、手を貸してあげたい。

どうして初対面の子に、ここまで思うのか、自分でもわからなかった。

唯央の言葉をどう思ったのか計りかねたが、サージュはぽつぽつと話を始める。

「ぼくのお父さんは職人で、すっごく腕がいいんだって」

「職人さんなんだ。すごいね」

「うん。皆が頼みに来るぐらい、うまい職人なんだって。それに優しくてね、かっこいいんだよ。足も速いし、それにね料理が得意でね」

サージュは、ようやく笑った。この部屋に来て、初めての笑顔だ。だけどその笑みは、すぐに引っ込んでしまった。

「でも去年に、お母さんが死んじゃった。それからお父さん変わったの」

「変わった?」

小さな手がギュッと握られる。話すこともつらいのだ。唯央はその手を、そっと包み込み、優しくポンポンする。

「どんなふうに変わっちゃったの?」

「お父さんはお母さんが死んじゃってから、毎日いっぱい、お酒を呑む。いつも怒って怒鳴って叩く。何もしてなくても叩くの」

聞いているのが悲しくなる。こんな子供に、理由もなく手を上げる親。

唯央はずっと話を聞いていたが、どんどん表情が固まってくる。

怒っているのだ。

（……なんか、腹が立ってきたなぁ。ものすごく、むかっ腹が立ってきた）

「叩かれたんだ。ひどいね。それで、サージュはどうしたの？」

「酔ってるお父さんが怖くて、部屋の隅に隠れた。でも、お腹って空くでしょ」

「――――うん、空くね」

いきなり現実的なことを言われて、ちょっと笑った。虐待を受けていても、お腹は空く。人間として当然のこと。

食べたいという気持ちは大事。生きたいって本能だからだ。

（ぼくもバイトでクタクタになったけど、ぜったい食べた）

でも食べたいと思う、逞しい自分を嫌いじゃない。あの感覚は、意地汚いだけかな）

この子もそうだ。父親の乱暴に苦しんでいても、生きたいと思う心があるから、食べたいと思ったんだ。それぐらい気持ちが強ければ、大丈夫だと思う。

傷ついていても絶望していないし、心が健やかな証拠だと思うからだ。

「で、サージュはお腹が減って、どうしたの？　買い物に行けた？」

「ううん、おうちにお金がなかった。だから困って、お隣のお兄ちゃんに相談したの」

「そのお隣のお兄ちゃんが、ボーイのジンなんだね」

サージュを下働きに推薦した青年が、ここにつながるわけだと納得できた。

「うん。ジンちゃん、お腹いっぱい食べさせてくれた」

「優しいねー。でもさ、警察とか児童相談所とかに、相談するべきだったかも」

「……そうかな？」

「うん。だってサージュは、まだ子供でしょ」

「うん」

「お父さんは保護者だから、きみを守る義務がある。それができないのは、児童相談所に言わないと駄目だ。もしくは警察に言って、保護をお願いしなくちゃ」

「ううん、ジンちゃんも同じことを言ってたけど、それはダメって。お父さんは酔っ払っていただけだから、警察も、児童、そ、相談？　もやめてって、ぼくが言った」

「サージュ……」

「お父さん、お酒を呑まなかったら、大好きなの」

聞いていて、泣きそうになった。

いわゆるネグレクト。育児放棄だ。それなのに子供たちは、親を庇い隠そうとする。怒られるから、怖いからという理由も、もちろんある。だけど、親が大好きだから守りたいという気持ちも、あるだろう。

（腹立つなー……。本気でその父さんとやらが、憎たらしくなってきた）

部屋の隅に控えていたエアネストは無表情だが、マチルダは本気で憤慨した。

「なんですか、その父親！　奥さまが亡くなって悲しいのはお察ししますが、父親なんですから、子供だけは大事にするべきです！」

「いろいろ大事にしてほしいけど。でも、まず子供だよね」

ややや乱暴な理屈だが、唯央も同意せざるを得ない。

父親のしたことは暴力だけではない。育児も放棄している。立派な児童虐待だ。

「それでね」

大人たちが白熱しそうになったその時、サージュは話を続けた。

「ジンちゃんが、ごはん食べさせてくれたの。その時ジンちゃんは、警察がダメっていうなら、ぼくがお金を稼いだほうがいいよって言った」

「お金？」

「親が、だ、だらしないって。だから自分の食べるお金も、どっかに逃げるお金も、稼いだほうがいいって、ジンちゃんが言ってね」

「なるほど！」

当面の手助けは、もちろんする。だけど、その先のことがある。

「サージュはジンちゃんにも、お父さんは優しいよって言ったんでしょ」

「うん。お酒を呑まなかったら優しいって言った。そうしたら、ここに連れてきてくれて、偉い人に野菜洗いをさせてくださいって頼んだの」

父親から引き離し、自分の目が届くところにサージュを置き、おまけにバイトができるし、ここにいれば食いっぱぐれはない。

そして当面は警察に行かないから、サージュの気持ちを傷つけない。

この采配、あっぱれだ。

「すごい。そのジンちゃんと話がしたい！」

感動して声が大きくなった。マチルダも同感だと頷いた。その時。

部屋の扉が細く開いているのが目に入った。その隙間から、じーっと大きな瞳が、こちらを覗いている。まるでホラー映画だ。

この屋敷の中で、そんなことをする人物は、ただ一人。アウラだ。

「何やっているの。アウラ」

唯央が声をかけるとバーンッと扉が開き、アウラが現れる。

「ダメでちょ！」

「は？」

とつぜん何を言うか。唯央は驚いた顔だ。

「何がダメなの？」

「だってアウラのこと、いつまでも呼んでくれないんだもん！」

「あ、はい。すみませんでした。ぇぇと、アウラさーん」

「あーい!」

ノリノリなので、おつき合いで乗ってみる。というか公子殿下が、扉の隙間から覗き見をしているんだから、誰でも驚く。

「でもね、今、大人の話をしているから、アウラはお部屋に戻りなさ……」

そう言うとブンブン首を振る。そして。

「ウム────ッ」

とんでもない唸り声が響き、唯央だけでなくサージュも驚いている。

「わぁ、びっくりした。今度はなんなの」

「あのね、あのね! おに、ちゃを、アウラのおともだちに、ちて!」

「なんでいきなり友達なの。初対面でしょ」

唯央は頭を抱えたくなったが、幼児は勝ち誇ったように言った。

「だって、おに、ちゃ、オメガだもん!」

「え、サージュがオメガだって、わかるんだ」

「そぉ、よぉ!」

幼いとはいえ生粋のアルファであるアウラは、一発でサージュの性を見分けた。その能力に感嘆してしまった。

「すっごいね」

「サージュちゃんっていうの。アウラね、アウラっていうの！」

「アウラ、その自己紹介は、ちょっとおかしい」

「んもー、唯央、うるちゃいなぁ、ね、アウラね、サージュちゃんと、おともだちになりたいの。いいでちょ？」

実はアウラ、筋金入りの面食いだった。

確かに絶世の美男美女を両親に持ち、自分だってめちゃくちゃ可愛い。周りを巻き込む可愛らしさだ。そのせいか、この年ですでに結婚も申し込まれていた。

しかも相手は、隣国の皇太子さまだ。

それはともかく、アウラは面食い。使用人たちも容姿端麗な者が多く、屋敷の中は調度や絵画に至るまで、美しいもので飾られている。

卓越した美意識が、英才教育で培われているのだ。

どうやらサージュの容姿や、濃い肌の色と金髪の美しさに、アウラは見惚れているらしい。これは……、これはもしかして……。

唯央がそう思い至った、その瞬間。

「アウラの初恋かもしれません」

背後から、いきなり声をかけられて飛び上がった。

「わぁっ。アルヴィ、いつ来たの？」

目の前に立っているのは、アルヴィだ。

「入ってきていいの？　エアネストが本気で驚いているよ」

件の青年は無表情のままだ。だが、ここにいるべきではない公世子を見て、動揺している。それは唯央の目にも明らかだ。

「殿下、なぜこちらに。まだ身元調査が終わっておりません。危険です」

「こんな子供が、危険なわけがないだろう」

「子供でも爆薬を背負っていることも、腹に埋め込まれている場合もございます」

……どこの紛争地域なんだ。

その場にいた全員が、無言で突っ込んだ。しかしエアネストは、本気だった。

「大丈夫。どう見ても荷物も持っていないし、腹に爆薬を仕込まれていたら、態度に出るだろう。この子は心配いらないよ」

エアネストの危惧を他所に、当のアルヴィは、澄ました顔だった。

「ぜんぜん気がつかなかったけど、アルヴィはいつ部屋に入ってきていたの？」

「アウラがオメガと友達になると、言い出した辺りです」

ものすごく公務で忙しいはずなのに、恐るべしアウラ愛。要するに相当な親ばか。とにかく子供たちが可愛くて、仕方がないのだ。

（こんな子煩悩なアルファって、他にいるのかな。でも）

でも、格好いい。

暑苦しい子供ラブなところも、唯央にとっては好ましい。

そんな唯央の隣で、きゅー……っと変な呼吸音が聞こえる。サージュだ。

「え？　えぇ？　公世子さま……？」

ジンの職場は知っていても、まさか公世子が自分の目の前に現れるとは、思っていなかったのだろう。顔を真っ赤にして、失神しそうだ。

「こんな小さいのに、公世子殿下の顔を知っているんだ……」

ベルンシュタイン公国で、公世子の顔を知らないほうが稀なのだ。自分がその異端児と思い知らされて、いたたまれなくなる。

羨望の眼差しで見られている当のアルヴィは、涼やかに笑った。

「小さい国ですからね。私を知らないいきみが、新鮮でした」

過去の恥部を晒されて、頭を抱える。

「やめて言わないで。あれは本当に、本っ、当にっ、お恥ずかしい初対面でした」

またしても、彼との初対面の話が蒸し返されるのかと、唯央は半泣きだ。

アルヴィとの出逢いは、母親が入院していた病院の、小さな中庭だ。

迷子のアウラを保護している唯央の目の前に現れたのは、めちゃめちゃ格好いいお兄さん。それが子供の父親だと知り、ただ驚くばかりだった。

アウラを保護した唯央に、どうかお礼にと誘われたレストラン。そこで、ボーイがお会いできて感激ですと頬を染めていたのを見て、びっくりした。

言われて初めて、彼がこの国で随一の有名人だと知ったのだ。

「いやもう、本当にすみません」

思わず下げた唯央の頭を、アウラは小さな手でピシッと押さえる。

「ねぇねぇ、あのね、アウラのおともだちー。おに、ちゃ、なってくれ、る?」

そう言われて、話がズレていると慌てた。

「あ、そうだった。えーとサージュ、あのさ、あの、……どうしようっか」

思わずサージュの顔を見つめると、こっちも困った顔をしている。

「どうして友達なの?　ぼく、お金ないから、公子さまとは遊べないと思う」

このもっともな質問に、アウラが目を輝かせる。

「おかね、いらないっ!　おうちであそぼ!」

「おうちって、ここ?」

公宮殿から離れているとはいえ、同じ敷地内。さぞや居心地が悪いだろう。

「公子さまには、お金がないっていう意味がわからないかな」

困ったように呟くサージュに、唯央が答えた。

「あっ。それは心配しないで」

「気軽に言うけど、お金は大事なの」

このギリギリ感には、覚えがある。昔の自分だ。コインを数えながら電気代の支払いやパンを買うごとに、感じていた怯えと焦り。

「お金が大事なの、もちろんわかる」

「でしょでしょ！」

「うん。さっきも言ったけど、ぼくも母がずっと入院していてね、生活費と入院費が圧しかかってきて、本当に大変だった。そんな時、アルヴィが入院費を援助してくれて、命拾いをしたんだ」

「えんじょ？」

「えぇとね。困っている時に、助けてくれたの。お金を貸してくれたんだ」

「どうして公世子さまが、お金を貸してくれたの？」

「あ、うん。それは、たまたま……」

「たまたまなんて嘘。公世子さまと唯央が、どうして知り合ったの？」

サージュは可愛いくて、そして鋭かった。

「知り合ったきっかけは、母が入院している病院の中で、アウラが迷子になっちゃったのを保護したんだ。それでアウラを探しているアルヴィと知り合ったの」

「迷子を助けたぐらいで、お金って貸してもらえるの？」

……しっかりしている。愛らしいだけじゃなくて、とても鋭い。

これ以上は隠しておくのが不自然だ。すぐにバレるので、正直に言う。

「ぼくね、迷子のことがご縁で、アルヴィと番になったんだ」

「え！」

「番になったその縁で、お金を貸してくれたの」

ものすごく端折った説明だったけれど、きっかけは間違っていない。

「すごい。公世子さまの番なんて、普通の人には絶対ムリ！」

キラキラの瞳で見つめられて、真っ赤になってしまった。

（なんか純粋無垢なんだよねぇ。かわいい。……すっごく可愛い！）

出会って数時間。それなのにサージュへの好感度は、爆上がりしていた。

「ぼくも、ちゃんと番が見つかるかな。見つからなかったら、どうしよう。でも、見つかったら、首を噛まれちゃうんだよね。怖いなぁ。どうしよう」

番を見つけるなんて、まだまだ遠い未来。それなのに本気で怯えている。

（あああ。すごい可愛い。守ってあげたーい）

たどたどしい口調で不安を口にする子供に、唯央の保護欲が刺激される。もう心が、ギュンギュンと音を立てていた。

「サージュ、番の話なんて、まだ先だよ」

「……唯央は何歳の時にヒートが来たの？」

「えーと、十六歳の時」

「ええっ！　じゃあぼくは六年も先？　おじいちゃんになりそう」

「……だよね」

そうすると唯央は、おじいさんか……。子供って面白いと笑いが浮かぶ。

どんなに厭わしくても、オメガにとってヒートは避けられない。怖がるのは当然だ。彼の話を聞いていた全員が、思わず心の中でエールを送っていた。

「ヒートはもうちょっと先の話だけど、きみにも素敵なアルファが現れるよ」

励ましたいと思っても、それは余計なことなのかもしれない。

「ねぇねぇ！　サージュちゃん、アウラのおともだち、なって？」

袖を引っ張られて、諦めていないアウラと目が合う。その問題が残っていた。

「サージュ、話を戻して申し訳ないけど、この屋敷で働いてみない？」

「え」

可愛い顔が、クエスチョンマークだらけになった。確かに、さっきまで野菜を洗っていたら怒られたのに、今度は働いてみない？　と誘われているのだ。

「……よく、わかんない」

「だよねー」

そう言いながら、もっと深刻な話があったことを思い出した。

アルコール依存症の疑いが濃厚な、問題の多い父親のことだ。

「ごめん。サージュのお父さんの話をして、いいかな」

「うん」

「まずお父さんは、専門の医療機関で治療が必要だと思う。病院で治療して復帰してくれないと、サージュが生活できない」

「うん……」

「お父さんは、病気なんだよ。身体も病んでいるだろうし、心も同じだ」

言葉を選びながら、慎重に話をした。十歳の子供に依存症が理解できるだろうか。

「お母さんが死んじゃって、お父さんは泣いてばかりなの。だから、お酒を吞むのかな」

「そうだね。お母さんを、とても愛していたんだ」

そう言いながら、ちらっとアルヴィを見た。妻を亡くしたといえば、彼も同じ。つらくないはずがない。だが、そんな心配をよそに、彼は平常心のままだった。

(アウラの遊び相手の話より、もっとシリアスな問題だ)

アルコール依存症の治療とは、費用がいくらかかるのか。皆目、見当がつかない。

こんな時に実感するのが、自分の力のなさだ。財力もない。知力もない。ただの役立たず。でも、このままサージュを放置できない。

自分は何ができるのかわからないけれど、何もしないわけにいかない。

「アルヴィ、お願いがあります」

けっきょく甘えてしまうのは、この人だ。

「あの、サージュのお父さんを……」

「保護して、適切な医療機関に収容して専門医に委ねるんですね」

「あの、それで、治療費のことだけど」

「もちろん、わかっています。きみやサージュでは賄えない治療費が発生するでしょう。それは私が負担します。もちろん、返済は結構です。……エアネスト」

彼は部屋の隅に控えていた忠実な家臣を呼ぶ。

「はい、我が君、わたくしはおそばに」

「すぐに彼の家に行き、父親を保護。しかるべき医療機関に収容してくれ」

「かしこまりました」

エアネストは唯央のほうなど見もしないで、あっという間に部屋から出ていった。相変わらず、アルヴィ命の忠実な僕（しもべ）だ。

「さぁ、これできみの父上は、病院で治療を受けることになりました」

ちょっとおどけたように言ったアルヴィの言葉に、サージュは恐縮している。

「あ、ありがとうございます、公世子さま……っ」

「アルヴィ、ありがとう」

「どういたしまして。ですが、治療して回復するでしょうが、それは一時的なものです。更生するかもしれないが、アルコール依存症なら、治療は長引きます」

「そんな……」

「身体の治療も時間がかかりますが、心の治療のほうが気がかりです。楽しみや、うっぷん晴らしで呑むなら、問題はない。難しいのはメンタルが原因の場合。難事が解決しても習慣化した飲酒が、やめられなくなることもある。安価で手に入る酒は、厄介です」

確かにサージュの父親の飲酒の原因は、妻の死だ。これを克服するのは、心強くあらねばならないが、それができないから酒を呑んでいるのだ。

「それに、この子の問題もある。父親が入院したとなったら、家に一人で置いておけない。しかるべき養護施設に送ることになるでしょう」

アルヴィの言うとおり、子供を放置するわけにはいかない。

それでもお父さんが入院したばかりのサージュを養護施設に送るのは、忍びない。親が入院した時の心細さを、唯央自身が味わっている。

黙り込んでしまうと、アルヴィは続けた。

「生半可な同情や覚悟では、面倒を見ることはできません。できれば、あなたにそんな苦しい思いを、してほしくないです」

「アルヴィ……」

言われたのは、厳しい言葉。アルコール依存症の疑いが強い、乱暴も働く人間と対峙するのは危険が伴うし、下手をすれば自分も、巻き込まれてしまうかもしれない。

見たこともない、心の深淵に。

……でも。

顔を上げて、アルヴィを見つめた。

「サージュが困っているなら、手助けしたい」

「どうしてですか？」

そう訊かれて、一瞬だけ考えた。どうしてだろう。どうして。

「サージュが好きだから」

「出逢ってまだ、数時間しか経っていないのに？」

まっすぐアルヴィの目を見る。

「同じオメガだからじゃなくて、今、ここにいるサージュが好きなんだ。だから助けたい。困っているなら、手を差しのべたい。そんな理由じゃ、ダ、……ダメかな」

愚にもつかないことを言った唯央を、アルヴィは優しい目で見つめた。

「いいえ。いい答えですし、きっとそう言うと思っていました。ただし、妬けますね」

「は？」

「あなたの関心が他の人に移ったのかと、嫉妬します」

何を言われたのか一瞬悩み、すぐに顔が赤くなる。

「か、関心って、サージュはまだ子供のオメガで」

「ええ。わかっています。つまらない嫉妬のお詫びに、彼の父君の治療は、私が面倒を見ましょう。それで許してください」

そう言って優しい目をした彼は、頼り甲斐(がい)があった。

唯央は以前、自分の重篤な母親も同じように、アルヴィの手によって病院に収容してもらったことを思い出す。あの時も、まさに地獄で仏だった。

「ありがとう、アルヴィ」

そう感謝すると、公世子は少し肩を竦めた。

「私としては、あなたが無茶をしたり暴走するより、頼ってくれたほうが安心です」

「ば、ばか……」

「むしろ甘えてくれなかったら、どうしようと思っていました。あなたに頼みとされるのが、私の喜びなんです」

驚くようなことを言って、彼は優美に微笑んだ。

目が熱くなる。泣く前触れだ。

こんなことで涙ぐんだら、笑われる。訝(いぶか)しまれる。必死で我慢したけれど、努力は虚(むな)しく、この七秒後に涙腺は崩壊し、アルヴィを苦笑させることになる。

4

実子のサージュが駆けつけられなかった数時間後、話は意外な方向に展開していく。

父親保護に向かったエアネストが、意識不明の彼を発見したのだ。

それをアルヴィから聞かされた唯央とサージュは、言葉を失った。

「エアネストが救急車で搬送して、医師の指示に従って、入院手続きを取りました」

「わー……、もし訪問していなかったら、大変なことになっていたんだ……」

「ええ。不幸中の幸いです。発見が早かったので、命に別状はない」

この状況にサージュは真っ青になっている。当然だろう。

「ぼく、病院に行かなくちゃ」

譫言のように呟きながら部屋を出ようとする彼を、唯央は引き止めた。

「待って。子供のきみに、できることはない。むしろ、医療スタッフの迷惑になる。一命を取りとめたそうだし、今は続報を待とう」

「お父さんが苦しんでる。そばにいたいの」

「うん。でも、今はお医者さんに任せるしかないんだ。慌てても仕方がないよ」

「唯央……っ」

「つらくても、自分にできることをしよう。病院からの連絡を待つんだ」

そう言って、もう一度ギュッと抱きしめた。唯央自身、母親の病気で苦しんでいたから、
サージュの苦しみが自分のことのように迫ってくる。

どうなるかわからない。それが一番つらくて、怖い。

自らの無力さを思い知る悲しさ。誰にも、どうにもできないのだ。

その時。つんつん服を引っ張られて顔を上げると、アウラが自分を見ている。

(いけない。アウラのこと忘れてた)

「ごめん。びっくりだよね。ちょっと、いろいろあって……」

そう言い訳をした。だが、アウラは真剣な表情だ。

「おに、ちゃも、唯央も、こぁいのね」

怖いのねと言われて、不覚にも涙が出そうになる。胸の奥を突かれたみたいだった。

固まる二人の頭をアウラに、ぽんぽんされた。

「アウラ……」

「だいじょうぶ。だいじょうぶ、よ」

それから、ぎゅーっとする。

「こぁくない。アウラいる。いるからね」

子供の囁きが、胸に落ちてくるみたいだ。

自分は弱い。ものすごく弱い。嗤っちゃうほど脆弱なのは、誰よりもわかっている。

でも、甘えていられない。

自分よりもっと弱い子供たちがいる。こんな時にビクビクしていたらダメなんだ。

(そうだ。強くならなきゃアウラもアモルも、サージュも守れない)

今までは事あるごとに、だってぼくオメガだもん、とうじうじじめじめ。

でも、それじゃダメなんだ。

サージュとは出会って数時間しか経っていないのに、保護欲が湧き上がっている。幼い子を守りたい。同じオメガだからという、同病相憐れむではない。

この子だから、昔の唯央のように、苦しい時期を一人耐えているサージュだから、力になりたい。少しでも支えてあげたい。

健気で美しい子を守りたい。そう強く思った。

「アウラ、ありがとう」

子供らしからぬ神妙な顔をしたアウラは、小さく囁いた。

「おに、ちゃ、アウラのおともだち、なって?」

「どうして?　アウラは公子さまだから、ぼくが一緒にいるのは、おかしいよ」

「おかしく、ないもん。おともだち、は、いっしょにいられるの」

「ぼくと公子さまが友達?」

「うん。ともだち。そしたら、おに、ちゃ、ひとりじゃないお」

「……そうかな」

「そう、よぉ。なかなくて、いいの」

この言葉に、サージュは不思議そうな顔をする。

「ぼく、泣いてないよ」

「ううん。おに、ちゃ、ないてるお。エーンじゃなくて、シクシクって。ここで」

アウラはそう言うとサージュの胸に、そっと触れた。

「泣いてない……」

大きな瞳が潤んできた。唯央は小さな肩に手をやり、慰めるように優しく擦る。

「びっくりしたよね。アウラ、なんでも言い当てちゃダメだよ」

そう窘めると、言われたほうは納得いかない顔だ。

「だって、わかるも。こわいと、シクシク。シクシクは、やだよね」

的中していたのか、サージュが不安そうな表情を浮かべて、こちらを見た。

「不思議でしょう?」

「うん。ぼく、今本当に怖くて……」

「アウラはアルファだから、ぼくたちにはない、不思議な能力があるかもしれない。ぼくも時々言い当てられて、ドキッとする」

「アウラと唯央と、みんなといっしょ、よ。唯央、そうでちょ」

「うーん。ものすごく雑な分類だけど、いっか」

アウラと唯央と、みんな。端折りすぎだが、言いたいことはわかる。子供なりにサージュを慮（おもんぱか）り、一人にしたくないのだ。

今までの流れを聞いていたアルヴィが、一歩前に出る。そして。

「サージュが嫌でなければ、アウラの正式な遊び相手と決定しましょう」

いきなりの公世子殿下の決定に、その場にいた全員が驚いた。

「アルヴィ、本当？」

「もちろん。正式な遊び相手となれば、当家の従業員ですから給与も発生します。ついでに、衣食住の心配もいらない」

なんという結果だろう。唯央は満面の笑みを浮かべた。

「アルヴィ、さすが」

「そうでしょう？　サージュの仕事は、ここでアウラと遊び、一緒に勉強をすること。それから一緒に食事をして風呂も使い、時間が合えば一緒に就寝です」

「殿下……っ」

この決定に目を瞠（みは）ったのは、病院から戻ってきたエアネストだ。

確かに警備を任されている彼にとっては、身上調査もしていない子供を、公子のそばに

置くのは容認できないことだろう。

「身上調査もしていない子供を、正式に、遊び相手に、なさる？」

区切るように言った彼の低い声。顔には出ていない動揺が、こちらにも伝わってくる。

だが、アルヴィは澄ました顔だ。

「もちろん身上調査はするが、もう決定事項なので、周知徹底してくれ。本日からサージュは当家で雇用する。アウラが彼を気に入っているんだ」

どこまでも甘いアルヴィに言いたいこともあるだろうが、しかし臣下の自分が、異論を唱えることは許されないと、彼はよく承知していた。

「かしこまりました。それでは調査のほうは、すぐに行います」

「ありがとう、エアネスト」

このやり取りを聞いて、アウラは目を輝かせた。

「サージュ、アウラの、おともだち！」

「そのとおり。サージュ、この子をよろしく頼むよ。突拍子もないが、素直ないい子だ」

国民の憧れである公世子から名前を呼ばれて、頬を染めている。

アウラは床を飛び跳ねて大喜びだ。

「やったぁー！」

可愛らしい声が上がったので、唯央とアルヴィ、そして部屋に控えていた執事のルイスとナニーのマチルダの全員で、眦を下げることとなる。

「でも勉強なんて教えられない。ぼく頭悪いし、お母さんが死んじゃってから、なんにもできなくなっちゃって、ほとんど学校に行っていないもん」

痛ましい言葉に、部屋の中にいる誰もが言葉を失う。子供にとって、母親の喪失ほど悲しくて、身を切られることはない。

「それに、ぼくオメガだし……」

「え。まさかオメガだから、苛められているとか」

唯央の無駄なトラウマがよみがえる。もしそんなことが現在でも行われているなら、学校に事情を訊かなくてはならない。だが。

「ううん、苛められてないよ。でも、どうせすぐにヒートが起こって、妊娠するでしょう？　それならついていけない勉強を頑張るより、行かなくていいかなって……」

「でもヒートが起こるまで、まだ六年以上はあるよ？」

「……いろいろあって、将来とか、ちゃんと考えたりしなくなっちゃった」

あっけらかんと言われて、唯央は今さらながら、痛ましさに襲われる。

オメガであることは、もう苛めの理由にはならない。

ヒートが来るとわかっていても、皆が受け入れてくれる。長い間、自分を苛んでいた問題は、あっけなく終わりを告げていたのだ。

それよりも、この子を苦しめたのは、最愛の母親を亡くした喪失感だ。

「ごめんなさい、学校に行けてないと、やっぱりぼく、クビ……?」

恐る恐る問う彼に、アルヴィは「それは問題ありません」と言った。

「どれくらいの期間不登校か知りませんが、学力は問題ではありません。むしろアウラと一緒に勉強できるから、一石二鳥でしょう」

そこまで聞いて、唯央も頷いた。

「そうだね、園児と小学生だと隔たりがあるけど、サージュがアウラに合わせてくれるなら、こんなありがたい組み合わせはないね」

敬愛する公世子と、優しい唯央にここまで言われて、勇気が出たのだろう。サージュは真っ赤になりながら、「うん」と言った。

「おに、ちゃ、アウラと、いっしょ?」

「うん。アウラのお友達になれたよ。よろしくね」

なにぶん公子さまなのだから、遊び相手といっても良家の子息を選んでほしかったエアネストは、苦虫を嚙み潰す思いだったろう。

素性も確かでないオメガをアウラの遊び相手などと、彼の常識では考えられなくて当然かもしれない。それを聞いて唯央は、ちょっと複雑な心境になる。

自分もアルヴィと交流し始めの頃、エアネストに牽制(けんせい)されたことがある。

　そこまで考えていたら、背後から服の裾が引っ張られた。またアウラだと思って振り向くと、今度はサージュが服を掴んでいる。

「なになに、どうしたの？」

「あのね、さっき言ってた家庭教師って、ぼく、そんなお金ないの」

　怯えた顔をするサージュに、アウラが声を張り上げた。

「ぱぱぁー、サージュのおべんきょう、タダにしてー」

　清々しいおねだりだ。公子は、むちゃくちゃ世俗まみれだと思う。

　そして公世子であるアルヴィも、めちゃめちゃノリがよかった。

「もちろんだ。なんなら離れにアウラとサージュ専用の、学習室を作ろう」

　呆れる唯央と、大はしゃぎのアウラ。そして、真っ青になるサージュ。

「だ、だだだだダメです。ぼく、そんなつもりないもん」

　幼いが苦労続きの彼は、浪費が恐ろしいらしい。しかしその生真面目さが、唯央や部屋の隅に控えていたマチルダの好感度を爆上がりさせる。

「サージュ、可愛い……」

　まだ幼いのに滲み出る奥ゆかしさ。つい、ほんわかしてしまう。この屋敷の住人は、浮世離れしすぎるほどお金があるから節約する必要もないが、この慎ましさ。

「がくしゅうしつ、の、おうち？」

「そう、アウラとアモルとサージュの館だ。男の子ばかりだし、水色の壁がいいな。窓枠は白にしようか。これは楽しみだ」

この発言を聞いて、途中から部屋に入ってきたエアネストは怒りに震えているかと、ちらっと様子を窺った。しかし意に反して彼は平常心だ。

とにかく彼にとって、主人だけが敬愛の対象で、あとはどうでもいいらしい。

下手をすれば大公よりアルヴィへの崇拝度が、高いかもしれない。

（エアネストにとっては、ぼくも塵みたいなものだろうなぁ）

オメガが汚らわしいというより、どうでもいいのだ。彼が認めるアルヴィのパートナーは、亡くなったルーナだけだ。

なんだか苦労が絶えないと、しみじみしてしまった。

「サージュ。アルヴィも説明したけど、アウラの遊び相手になったからには、お父さんが退院するまで、この屋敷で暮らしてね」

「え？　でも、家が近いから帰る、よ」

さすがに驚いた顔をされたが、唯央は満面の笑みを浮かべた。

「帰っても、一人じゃん！」

「えええぇ」

笑顔で畳みかけるように、唯央はどんどん続けた。

「ポツーンと家にいるより、ここにいたほうがいいよ。三食昼寝おやつ付き。ぼくもいるし、アウラもアルヴィもいる。超快適で極楽だよ。保証する！」

アルヴィたちを引き合いに出すなど、不遜なことを言ったと自分でも思う。エアネストの顔が怖くて見られない。でも今は、それどころではない。年端もいかないサージュを、一人で家に帰したくないのだ。

「でもね、でも、お父さんが退院したら、ぼく一緒に暮らしたいの」

か細い声で言われて、幼子の顔を見る。彼は不安の真ん中にいるのだ。

「お父さんと一緒がいいんだ」

「うん」

（知らない大人に囲まれて、お父さんは入院中。そりゃ、へこむよ）

しかもサージュはまだ幼い。いつ体調や精神が不安定になるか、わからない。

年齢のわりに、発育が遅いと見えた。それに顔は可愛いが、手足もガリガリ肌もガサガサと、栄養不足の見本市みたいな子供だ。

「お父さんって、お酒を呑まなければ優しいんだよね」

「うん」

「サージュは、お父さんが好きなんだね」

「ぼくの家族は、お父さんだけだもん」

どれほど酒に溺れても、どんなに暴言を吐かれても、それでも父親が好き。

「お父さん、大好き」

「だよねー……」

泣きたくなるような、深い愛情。

それはわかるが、彼が直面している現実は、すごく過酷だ。酒に溺れて病院に担ぎ込まれた男との、密な家族関係。

誰もいない荒れた家で生活するのは、すごいストレスだろう。唯央にも経験があるから、よくわかる。

言いようのない淋しさと、凍りつくような不安。

親がなくても子は育つ。昔の人は、そう言ったらしい。今は社会保障もしっかりしている。施設に入れてもらえば餓死することもなく、なんとかなるだろう。

でも、言いようのない寂寥感が湧き起こるのだ。

あの不安を、幼いこの子に味わわせたくなかった。しかもエアネストが行くまで、父親が昏睡(こんすい)し、倒れていた場所なのだ。きっと部屋の中も、メチャクチャだろう。

誰も話しかけてくれず空気も動かない、淋しく冷えた空間。

(そんなところに、子供を一人で置いておけるかっ)

唯央は瞳に力を込めて、サージュの手を握る。

「お父さんには敵わないけど、今日からここがサージュのおうちだよ」

この一言に、サージュは青くなる。それも当然で、公宮殿の敷地に建つ立派な屋敷を、今日から自分の家と思える子供は、まずいない。

この流れに、アルヴィは何も言わなかった。しかしサージュは、ぐっと顔を上げる。

「でもね、ぼく着替えもないし、病院から連絡あるかもだし」

「病院からの連絡は、ここで取れるように手配してもらおう。着替えの心配はいらない」

負けじと言い張る唯央に、サージュは困り眉になってしまった。

その肩にそっと触れ、唯央は辛抱強く言う。

「無理を言って、ゴメンね。でも、きみを一人にしたくないんだ」

「唯央、どうして?」

怖がっているような、不安な瞳をしていた。他人からの厚意をどう受け止めたらいいのか、わからないのだ。ボーイのジンに優しくされるのは、幼い頃からのつき合いで、疑問を抱いたことがないからだろう。

だから初めて会った唯央に優しくされて、すごく戸惑っているのがわかる。それが、いじらしくて、そして少し切なかった。

「会ったばっかりなのに、どうして、そんなにしてくれるの？　ぼくなんてお金ないし、痩せっぽちだし、学校は行ってないし、それに」

「サージュが好きなんだ」

彼の瞳を見つめながら、はっきりと言う。あんまりにもストレートすぎて、ギャグの台詞みたいだなと、唯央自身も思った。

「す、好き？」

「うん、好き。好きだから大事にしたいし、放っておけない。きみを守りたい」

「唯央とぼく、会ったばっかりなのに好き？　変だよ。ぼく子供だけど、わかるもん」

おずおずと言われて、思わず笑ってしまった。

「変だよね。うん、ぼくもそう思う。でもさ、自分もお金がなくて苦しい思いの連続だったから、誰にもそんな思いをしてほしくないんだ。これって、理由になってないかな」

「でも」

「ぼくの自己満足なんだ。誰にも泣いてほしくない。オメガだからじゃなくて、サージュがサージュだから、幸せになってほしい」

自分でもわけがわからない、思い入れ。こんなの迷惑だとわかっているのに、なぜか抑えられない。アモルが生まれてから、人に対して何かしたくてたまらないのだ。

「まぁ、自己満足なんだよね、でもさ、とにかく」

「とにかく？」

「とにかく、うちにいる間に十センチ身長を伸ばして、体重を十キロ増やそう！」

「えええええええ」

その場にいた全員から、視線が向けられる。その目は明らかに、こう言っていた。

(いやいやいやいや。だから、なんでそうなるの)

無言のツッコミが入ったのが感じ取れる。

「サージュがイケメンになったら、すっごくカッコいいと思わない?」

その場にいた全員から同意はない。

「……どうして皆、そんな渋い顔をしているのかな」

空気を読んだアルヴィが、控えめな声を出す。

「唯央はサージュの容姿を、ことのほか気に入っていたでしょう。この繊細な姿形を、どうして改造したいと思ったんです?」

口火を切られたが、それにも唯央は笑顔だ。

「今のサージュは最高に可愛いんだけど、強くなってほしいんだ」

「強くとは?」

「今はお父さんのこととか、学校に行けないとか、負の要素がいっぱいでしょう。それなら弱い自分に打ち勝つためには、強くならないとダメだ。お父さんが退院したら、一緒に暮らしたいって言っていたし」

「でもアウラ、サージュちゃんは、いまのがカワイイとおもう、の」

冷静なアウラのツッコミが入る。

「え、そうかな」

「そう、よぉ」

幼児からのクールな指摘に、さすがに意気消沈した。

「サージュがカッコいいオメガになったら、番を選ぶ時も選ばれるんじゃなくて、アルファを選ぶってなって、すごくいいと思ったのになぁ」

未練がましく呟く最愛のオメガに、アルヴィは苦笑を浮かべるばかりだった。

5

「うーん。今日も体重は、増えていないねぇ」

広いバスルームの脱衣所で、唯央はメモを取っていた。サージュの成長記録だ。

真剣な顔で、サージュの体重グラフを見つめる唯央。

そしてそれを心配そうに見ている、サージュ。いつものことだが、困り眉をしていた。

彼がこの屋敷に来て、二週間が過ぎている。その間、料理人に頼んで、強化合宿並みの食事メニューを作ってもらった。

適度な運動と、八時間睡眠を課した。

それと、毎日の勉強もある。アウラはもともと、五人の家庭教師の許で勉強し、週に三日のキンダーガーデンは、気分転換みたいに過ごしていたのだ。

天然のアウラだが、勉強は得意なのだ。さすが公子殿下。

サージュとアウラは楽しそうだし、使用人の皆が笑みを浮かべた。

「でも、体重が増えないんだよねー」

世の女性には聞かせられない悩みを、ボソッと呟くと、サージュが敏感に気づく。

「あの、ごめんなさい」

「え？　どうして、そんな泣きそうな顔をしているの？」

「ぼくね、身長も伸びなくて体重も増えなくて、朝も起きるのが遅いし、運動ニガテだし、ごはん食べるのが遅いし、好き嫌い多いし、お風呂は温いのしか入れないし」

どんどん違う方向に、話が飛んでいる。ここら辺で軌道修正をしなければと考えて、幼子に言われたことを思い出す。

『でもアウラ、サージュちゃんは、いまのがカワイイとおもう、の』

そうだ。自分はちょっと、暴走しすぎた。もうちょっと、平常心でいかなくては。そう思い直して、サージュに向き合う。

「身長も体重も、すぐにどうなるものじゃないよ。朝が遅くても朝食はちゃんと食べるし、運動は徐々に慣れればいいし、食べるのが遅いのは、ちゃんと噛んでいる証拠で、好き嫌いもお風呂の温度も、別に問題ないじゃん」

あっさり論破すると、体重測定で裸だったサージュのために、着替えを渡す。

「昨日ね、サージュのお父さんの容体が安定したって、病院から連絡があったんだ。だから朝ごはんを食べたら、お見舞いに行こう」

その一言でドンヨリしていた瞳に、光が戻った。

「お父さんが……っ」

「入院して二週間。長かったね。お父さんはリハビリ嫌いで、頑張らないらしいよ」

唯央がそう言うと、サージュは何度か瞬きをして、それからポロッと涙を零した。

「サージュ、よかったね」

静かに泣いている子を抱きしめ、背中をポンポンする。彼はしばらく無言で泣いていたが、すぐに顔を上げた。

「ご、ごめんなさい」

「大丈夫。ずっと、お父さんのことを心配していたから、気が緩んだんだよ」

乱れた髪を撫でつけてやり、いい子いい子とチヤホヤする。

「お父さんの治療は、まだまだ始まったばかり。これからが正念場だと思う」

瞳を見つめてそう言うと、サージュは頷いた。

「唯央と殿下とアウラにアモルちゃん。ぼく、みんな大好き」

そう言いながらも、瞳は曇って見えた。

「このお屋敷は、ものが割れたり、誰かが怒鳴る声が聞こえない。ガチャーンって音がすると、ぼく、いつもベッドの下に隠れてたの」

……やばい。泣きそう。

今さらながら、サージュが不憫すぎる。

「大きな声がすると手が痺れてね、涙がどんどん流れるの」

「そうか。それは嫌だねぇ」

妻の死に耐えられず、酒に酔い家のものを破壊する父。いちばん安らげるはずの家の中は、さながら地獄絵図だったろう。

こんな小さな子が、悲しい思いをしていたのがつらい。

どうして誰かを攻撃したり、傷つけようとする人がいるのだろう。皆で楽しく、優しい気持ちで生きることを、どうしてできないのか。

「そろそろ行こうか」

唯央がサージュを連れて、サンルームに移動した。

日の光が差し込む部屋は明るくて、たくさんの植物がきらきら輝いていた。

「サージュちゃん！」

マチルダがアウラとアモルを、先に連れてきてくれていた。アモルはガーゼの肌着で横になっているし、アウラはパンツ一枚という潔さ。

「みんなで、お日さまいっぱい浴びようね」

明るいところにいると、穏やかになる。

「毎日が楽しい」

ぽつっとサージュは呟いた。

「ごはんがおいしいとか、お風呂が気持ちいいとか、皆で笑うって、すごく楽しい。アモルちゃんも、うぷうぷしてて、可愛くて大好き」

「そっか。よかった」

「でもねぇ、このおうちでは誰も、大声を出さないでしょう?」

「そりゃあねぇ。公世子殿下のお屋敷で大声を出すのは、アウラぐらい?」

「アウラ、おっきなこえ、ださないもん」

「この間、ウム――――って言ってたじゃん」

「うむ!」

アウラの答えに、サージュも笑った。

「アウラちゃんは、おりこうだし可愛いもん。大きな声を出したりしないよ。あとね、メイドさんとかボーイさんも優しいの。すごく嬉しいの」

彼は父親に暴力を振るわれていたこともあったのに、それでも父親への愛がある。

父親に何かあったらと想像しただけで泣きたくなるほど不安になるのだ。

それは唯央にも、よくわかる感情だ。病身だった母親を、見放そうとは思えなかった。

力が及ばなくても、どうにか助けたいと必死でもがいていたからだ。

「サージュは、いい子だね」

ボーイのジンが連れてきた、ちょっと怖がりの人見知りっ子。使用人たちも彼を、とても可愛がっている。みんなが優しい思いで、この子を見ていた。

「でも、ぼくオメガでしょ」

「うん」

「オメガをよく知らない人って、すぐヒートはどうなの？　番になってやろうかとか訊いてくるの、すごく嫌なの。だって、変な目をしてるもん。ニヤニヤー、ジットリ目」

「わかるわかる。興味本位でグイグイ訊いてくるよね。気持ち悪いの、よーくわかる」

こんな子供に、なんてことを言う大人がいるんだろう。セクハラどころじゃない。

オメガに限定しなくても、例えば普通の女の子のマチルダと話をしていると、たまに信じられない人のことが話題に出る。

年齢ではない。既婚未婚も、あんまり関係ない。ねちっこく絡んでくるのは、その人の性格だろう。何を言えば相手が嫌な思いをするか、想像力がないのだと思う。

女性だけでなく、オメガでもいいらしい。ヒートってどうなの？　とか、俺がやってやるよとか、無責任なことを言われる。

そんなことを言われると鳥肌ものだし、裸足(はだし)で逃げ出したくなるのも当然だ。

こちらはヒートで、子供を授かる使命がある。命を賜る儀式なのに、性行為のことにしか興味がないのだから、話が合うはずがない。サージュが怒っているのは、そういう輩(やから)だ。

相手が誰でもいいわけじゃない。そんな当たり前のこともわからず、ネチネチ絡む。オメガではよくある話。

「やだよねぇー。普通に気持ち悪いっていうか。ホウキで掃いちゃいたい」

「あっ、掃きたい。掃いて、ポイしちゃいたい」

話をしているうちにおかしくなって、二人で笑った。でも、すぐに真面目な声が、どちらからともなく出た。

「……お父さんが、早く元に戻ってほしい。一緒に暮らしたいの」

「うん」

「でもね、ぼく、意地悪なの」

「え？」

「お父さんが酔っていると、消えてほしいって思った。悪い子でしょう」

そう言うと、ひどく悲しい顔をしていた。

「お父さんのこと大好き。でもお酒で暴れるお父さんは大嫌い。でもでも、病気になったら可哀想。だけど大声を出すお父さんは、消えてほしい」

訥々(とつとつ)と話す子の髪を、優しく撫でながら、哀れという感情を初めて抱いた。

誰の悪意もない、穏やかな生活。誰の叫び声もない、当たり前の暮らし。でも、そんな普通がない家庭は、確実にある。

唯央は生まれ育った家庭で、闇を感じたことはなかった。両親ともに優しく健やかで、慈悲深い人たちだからだ。亡くなってしまった父ともども、尊敬できる。

家庭とは、この世でいちばん安全な場所であるべきだ。

でも彼にとっては、違うものだった。

「人間はいろいろ考えて、迷って、苦しむ。でも、それでいいんじゃないのかな」

「そうかな……」

「サージュはお父さんが救急車で運ばれたって聞いて、すぐに病院に行くって言ったでしょう。あれは嘘じゃなくて、お父さんのこと本気で心配だったからだよ」

そう囁くとサージュは、また涙をあふれさせる。

誰も悪くない。悪くない。いいえ悪いです。はい。悪くないけど、すごく悪い。

――いいえ。誰も悪くない。

思い詰めると答えが出ない。唯央は思わず溜息をついた。

「よく頑張ったね。偉いぞ」

苦しみに慣れる人はいない。

つらいことが襲ってきたら、頭を抱え小さくなって、嵐が通りすぎるのを祈りながら待つだけ。人間は弱くて悲しくて、すぐ折れてしまう生き物なのだ。

誰だって楽しくありたい。いつも笑顔でいたい。優しくしたいし優しくありたい。

でも時に星の巡りは残酷で、大切なものを奪う。壊す。灰にする。

いろいろな感情が綯い交ぜになっている。

でも、その矛盾した思いに苦しんでいるのは、誰あろうサージュだ。

「サージュは一人じゃない」

「うん……」

「ぼくもアルヴィもいるし、アウラも、アモルだっている。みんなサージュのことが大好きなんだ。それを忘れないで」

そう言って抱きしめると、彼は何も言わず抱きしめられるだけだった。

そして二人で悩みながら、けっきょくは同じ話題に戻るしかなかった。

「お酒が呑めなくなっちゃったから、お父さん、きっとすごく怒ってるよね」

「うーん……。お会いしたことないから、どんな方かわからないけど、話を聞いた限りだと、たぶん、ものすごーく……、怒っていそう」

二人は顔を見合わせた後、またしても笑った。病人に対して、あんまりな評価だったから、お互い笑うしかない。

しかしこの数時間後、唯央とサージュはこの予測が、当たったことを実感する。

□□□

出かける間際アルヴィが、運転手付き高級車とボディガードまで、手配してくれた。

警護は慣れないので苦手だと唯央が訴えると、では物陰におりますとボディガード自らが、言ってくれる。

「本当に一人で、大丈夫？」

父親の名前がかけられている病室前の廊下で、唯央はコソコソ話をした。

彼の名前はオウル・カナー。アルヴィが個室を手配してくれた。

しかし、なぜ、こんなところで立ち話をしているかというと、中に入ろうとしたら、サージュに服の裾を引っ張られたのだ。

「あのね、ぼく、お父さんと二人で話をしたい」

「サージュ、でも一人じゃ……」

部屋に来る前、医師からいろいろ説明は受けた。オウルは体調も戻ってきた。態度も良好。面会も大丈夫だという。

それでも彼一人と父親を残して、大丈夫だろうか。

思案する唯央を前に、サージュはニコッと笑う。

「お父さん、知らない人がいると嫌がるの。だから、最初はぼくが話をして、それから唯央を呼ぶね。ダメかな」

唯央としたら、この子のケアが必要な気がした。

でも健気な子供は父親を心配し、付き添いの唯央を気遣っている。

（あーあーあーあー！　不憫すぎだ！）

唯央を気遣う言葉の裏に隠された悲しみ。父親を愛していながら覚える嫌悪。

それらを感じ取って、唯央は彼を抱きしめた。

抱きしめながら、地団太を踏みたい気持ちだ。でも、実際にそれをしたら、またこの子は気を遣うし悲しむだろう。

(ああ、暴れたい。もう、めっちゃくちゃ暴れたい。でも、暴れたらダメだ!)

煮え湯を飲まされるような気持ちだったが、ぐーっと我慢をして、笑みを浮かべた。

「わかった。じゃあ、ぼくはそこのベンチに座っているね。何かあったら声かけて」

「うん。ありがとう」

「サージュは、うちの子だからね」

唐突な言葉に目をパチクリしている子に、さらに言い募る。

「面会が終わったら、すぐ帰ろう。アウラとアモルと四人で、ゴロゴロしよう。何かあっても苦しまないで。なんにもできないけど、ぼくはずっと一緒にいるから」

「わかった。唯央、大好き」

そう言ったサージュを、病室を仕切る扉の前で見送り、廊下の窓に寄りかかる。

(なーんであんな、ちっさい子の気苦労が絶えないんだよ)

溜息をついて、屋敷でお留守番をしているアウラとアモルを思った。ちびたちは今ごろ、何をしているだろうか。

ごはんを終えて、ナニーに寄り添ってもらいながら、お昼寝中だろう。

優しくて温かくて、ミルクと石鹸の匂いがする部屋。柔らかな風。揺れるレースのカーテン。誰かの寝息。静かな時間。

そんなことを考えていたら、ちょっと荒れていた気持ちが鎮まる。早く屋敷に帰って、あの子たちを抱きしめたい。

アウラとアモルと、それからサージュもいる。

子供たちは、いつもご機嫌。子供特有の可愛い笑い声。すやすや寝顔。甘い空気。

「サージュが、うちの子ならいいのに」

そう思いついて、目を見開く。

「それ、すごい名案だ！」

そうだ。アウラもサージュに懐いている。この先も屋敷で、預かれないだろうか。

父親の治療はこれから。退院はまだまだ未定。日常生活を送れるようになるまで、時間がかかるはず。ならば、子供は唯央が預かればいいのだ。

サージュだって、父親の回復を待つ間は不安だろう。それならばオウルが退院後は、適切な施設で更生支援を受けさせるのはどうだろうか。

(今日、帰ったらアルヴィに相談してみよう。きっと賛成してくれる。きっと……)

そこまで考えた、次の瞬間。

ガチャーン！　という、物が割れる大きな音が響いて顔を上げる。

今の音は、サージュの父親の病室からだ。

「サージュ！」

慌てて飛び込んだ病室では、信じられない光景が広がっていた。

そこには倒れた点滴スタンドと、散らばった小物。

そして怯えた顔で立ち尽くしたサージュと、彼を睨みつけている男。

何が起きたのかと呆然としていると、ベッドに拘束されながら、オウルは獣のような唸り声を上げていた。

6

病室は、独特な薬品の臭いが満ちていた。

ベッドに横たわる父親は、ベルトで拘束されている。憔悴した顔だが、ギラギラする獣のような目をしていた。

「サージュ」

唯央の声に彼は顔を向けて、震えながら唇の端を上げた。たぶんこの場を取り繕おうとしたのだろうが、それは失敗に終わっている。

ものすごく強張った、泣きそうな顔をしていたからだ。

「ご、ごめんね。ぼく、これを倒しちゃって……」

これというのは、点滴を下げるスタンドのことだ。拘束されている父親のオウルには手が届かないから、本当にサージュが倒したのだろう。

「サージュ、怪我はない？」

「うん……、うん……」

消え入りそうな声は、どこか虚ろだ。唯央はすぐに彼を抱きしめる。

「びっくりしたね。大丈夫」

POSTCARD

東京都千代田区
神田三崎町2-18-11

二見書房
シャレード文庫愛読者 係

通販ご希望の方は、書籍リストをお送りしますのでお手数をおかけしてしまい恐縮ではございますが、**03-3515-2311までお電話くださいませ。**

<ご住所> □□□-□□□□

<お名前> 様

<メールアドレス>

＊誤送を防止するためアパート・マンション名は詳しくご記入ください。
＊これより下は発送の際には使用しません。

TEL	職業／学年
年齢　　代	お買い上げ書店

Charade 愛読者アンケート

この本を何でお知りになりましたか？

1. 店頭　2. WEB（　　　　　）　3. その他（　　　　　　　　　　　）

この本をお買い上げになった理由を教えてください（複数回答可）。

1. 作家が好きだから（ 小説家・イラストレーター・漫画家 ）

2. カバーが気に入ったから　3. 内容紹介を見て

4. その他（　　　　　　　　　　　　　　　　　　　　　　）

読みたいジャンルやカップリングはありますか？

最近読んで面白かったBL作品と作家名、その理由を教えてください（他社作品可）。

お読みいただいたご感想、またはご意見、ご要望をお聞かせください。

作品タイトル：

ご協力ありがとうございました。

お送りいただいたご感想がメルマガに掲載となった場合、オリジナルグッズをプレゼントいたします。

HP のご意見・ご感想フォームからもアンケートをご記入いただけます ➡

音を聞きつけたのか、すぐに女性の看護師が部屋の中に入ってきた。気づけばボディガードも、戸口に立っていた。人が来てくれたことにホッとする。

「お身内の方ですか。スタンドが倒れたみたいですね」

彼女はそう言いながら、床に散らばったものを手早く片づけた。

「こっちこそ、ごめんなさい。病室に慣れてなくて。サージュ、外に出ようか」

小さく震えている子を抱きしめたまま、唯央は部屋から出ようとする。だが。

「サージュ！」

背後から聞こえてきたのは、怒号みたいな声だった。

「お前、父親をこんなところに放り込んで縛りつけるなんて、どういう了見だ！」

混乱しているのか。サージュが縛りつけたわけではない。何をするかわからないと判断した医療スタッフが、彼を拘束しているのだ。

「そいつは誰だ。俺の部屋に入れるな！　出ていけ！」

怒鳴られた子供は、それでも震えながら言った。

「お父さん、ごめんね。お父さんは病気で倒れたから、この人が助けてくれたの」

男には毛布がかけられているが、カテーテルがつながげられた管の先には、大きなパックがベッドの縁に下げられている。

要するに、一人でトイレにも行けないからだ。

母親が長く入院していた唯央は、この医療器具を見慣れている。重篤な患者には、つきものの処置だ。意識がハッキリしている父親にとっては屈辱的処置だから八つ当たりだろう。だが当たられたサージュは、かなりショックに違いない。

「おいサージュ！　俺はもう、ここから出るぞ」

大きな声でオウルは言うと、ベッドから起き上がろうとする。だが、拘束されているから、動けるはずもない。彼は癇癪（かんしゃく）を起こして、わめきたてた。

「ちくしょう！　ひどいことをしやがって。サージュ、お前の仕業だ！」

聞かせたくなくて、唯央は子供を抱えたまま病室から出ようとした。だがサージュは小さく「待って」と言った。

「お父さん、ごめんね」

「この人でなし！　この悪魔！」

「ごめんなさい。でもお父さんは病気だから、治療しなくちゃダメなの」

「お前、父親をなんだと思っているんだ、ふざけるな！」

唯央がかっとなって言い返そうとすると、身体を押さえられた。サージュだ。

「ごめんね、ごめんね。ひどいよね。でも、お父さんは病気を治さなくちゃダメなんだ。だから、まだここから出られないの」

何も落ち度がないのに、謝罪の言葉が繰り返される。聞いていられない。看護師も同じ気持ちだったのか、サージュと唯央を部屋から出そうと促した。

「ちくしょうが。お前だけ、いい目を見やがって！」

またしても怒号が響きわたる。

「いい服を着ているな。どこでそんな金を手に入れた。俺がこんなに苦しいのに、自分だけいい思いをしやがって！」

「お父さん、違うの」

「違うもんか！　お前、いつも俺をバカにしているだろう」

アルコール依存症だから、酒が切れると暴言を吐く。無意識である。もちろん、それはわかっている。わかっているけれど。

言われたほうは酔っていない。ひどい言葉は鋭い刃になり、斬りつけられる。

もうこれ以上、サージュに聞かせたくない。そう思った瞬間。

「親不孝者！　一人で澄ました顔をしやがって」

ひどい罵りが響いて、我慢できなくなった。唯央が思わず言い返す。

「この子は、親不孝者なんかじゃありません」

知らずに低い声が出た。自分でも驚いたが、まぎれもなく唯央の声だ。

「サージュは、ごめんなさいが口癖で、いつも悲しそうな顔をしています」

自分は何ひとつ悪くないのに、ごめんねを繰り返す悲しい子。

「この子は、こんなにも痩せていて、小さくて、頼りない。子供がこんなに苦しい思いをしているのに、お父さんは何をしているんですか」

「うるさいっ、うるさいっ、うるさいっ！」

吠えるような声で、恫喝される。ふだんの唯央なら、腰が引けていただろう。

しかし、どうしても言いたいことがあった。相手が病人で理屈が通じない状態であると承知しているが、黙っているのは無理だった。

「本当のことを言われたら、うるさいですよね」

「黙れこの野郎！　サージュ、なんとかしろ。こいつを黙らせろ！　出ていってくれ！」

言っていることが、支離滅裂だった。もう、憐れみしかない。

「お父さん。お父さんですよね。親はどんなに苦しくても、ふんばってください。でもね、もっとしっかりしてください」

「サージュ、こいつを追い出せぇぇっ」

「見ず知らずのガキにこんなこと言われて、悔しいですよね。だったら、もっと強くなってください。サージュのお父さんは、あなたしかいないんです」

「うるさいっ、ちくしょう。ちくしょうがぁっ」

「自分を放棄しちゃ駄目です。だって、お父さんなんだから」

看護師が唯央の身体をそっと扉のほうへと向けた。もうやめろの合図だ。唯央がサージュを支えて部屋から出ようとした、その時。

場違いに明るい声がした。

「お父さん、心配しないで」

サージュが叫ぶ父親を見据えて、はっきりした声で言った。

「ぼく待ってる。だから、治療がんばろう。そして早く帰ってきて」

気がつくと、父親は嗚咽していた。子供の声が聞こえているかは、わからない。

「サージュ、行こう」

ちらっと見ると、看護師がどこかへ電話しているのが見えた。応援を頼んだか、医師を呼んでいるのか。

でも、もうどうでもいいと思った。

廊下を歩いて、父親の声が聞こえないところまで行った。慌ただしく病室に入っていく白衣がちらっと見えた。

サージュは唯央の腕の中で震えている。

「……怖かったね、よく頑張った」

囁いて、何度も髪にキスをした。とうとう大きな声を上げて、サージュが泣き出した。

当然だろう。その身体を強く抱きしめる。

「帰ろう。おうちに帰ろう。アウラとアモルと、……アルヴィのところに帰ろう」

自分に言い聞かせるように呟き、そして目を閉じた。

□□□

「サージュちゃん！」

「アウラちゃん！」

二人は抱き合った。

屋敷に戻ると、サージュはまずアウラとめちゃくちゃドラマチックにガッバーッと抱き合った。しばらく二人はイチャイチャして、離れようとしない。

マチルダに訊くと、唯央たちが出かけた後、泣いていたようだ。

「アウラ、どうして泣いていたの？　お留守番は初めてじゃないのに」

そう訊ねると、大きな瞳をぱちくりさせる。

「唯央とサージュちゃん、ないてた」

それだけ言って、唯央の膝がしらに頭を擦りつけた。猫みたいだ。

柔らかい髪を撫でているだけで、心が凪いでいく。ものすごく気持ちが荒れていたのだと、ようやく気づいた。

「今日はもう、お行儀悪くゴロンしよっか」

明るい声で言うと、アウラが見上げてくる。

「なぁに?」

「唯央、またピクニックしようと、ちてる」

「ちてない、ちてない。あれは人に迷惑をかけるから、なるべくやらない」

「じゃあ、きゃっち、ぼーる?」

「あれも周りを震撼(しんかん)させるからなぁ……、あ、でも」

あの時アルヴィのボールがすっぽ抜けてくれたから、サージュに出会えた。ジンが世話をしてくれていたから、最悪のことにはならなかったのだ。でも。

「アウラが友達になりたいって言い出したことで、保護につながったんだよね」

そう呟くと、大きな瞳にまた見つめられる。金色の美しい宝石だ。

「なぁに?」

「ううん、アウラはすごいなぁって話」

そう言うと顔を真っ赤にして、またしても唯央の膝がしらに顔を埋(うず)めた。

何もかも悪いことばかりじゃない。

巡り巡って、いい結果に結びつくことだってあるし、ならないこともある。でもサージュを保護できた。父親も死なずに済んだ。

「なんだ、いいことばっかりだ。まぁ、憎ったらしいけど、生きててよかったねー、だ」

最後の悪態が忘れられないので、つい悪く言ったがご愛敬だ。

だけど、……死ななくて、助かってよかった。

サージュの、たった一人の父親だ。

ルイスに頼んで、サンルームにラグを敷いてもらい、子供たちとゴロゴロする。

気を利かせたマチルダが、一口で食べられるパイやクッキー、爽やかな香りの紅茶を運んでくれた。まさに、やりたい放題のゴロ寝ティータイムだ。

「早くアルヴィ、帰ってこないかなぁ」

そんなことを考えていると、まずアウラが寝落ちした。そして、すぐにサージュも、こっくり船をこぎ出す。疲れているのだ。

「ルイス、二人を部屋に運んでもらえる？　ここで寝たら、風邪を引いちゃう」

「かしこまりました」

ルイスは使用人を呼んで、子供たちを運んでくれる。二人の寝顔は、ものすごく可愛い。

そんな親バカみたいなことを思いつつ、唯央もシャワーを浴びて仮眠だ。

どれぐらい時間が経ったのか。目を開くと、部屋の中が暗闇に包まれていた。

「あー……、やばい寝ちゃった。何時だろう……」

サイドチェストに置いてある時計を見ると、なんと真夜中。

「やっちゃった……」

ありがたいことに、子供たちには最強のスタッフがついている。お風呂も食事も就寝前のお腹ポンポンも、見事に終わっている。

以前ルイスにもマチルダにも、お子さまたちのことはお任せくださいと、何度も言われている。これは、ものすごく助かった。

自堕落にゴロゴロしていると、指にふんわりと触るものが、毛皮だと気づいた。

(毛皮のラグなんて、ベッドにあった？)

眠たい目を押し開いて、見てみる。黒い。

「――――アルヴィ！」

毛皮は柔らかいだけじゃなく、しっかりとした手触りもある。つやつやで、すごく綺麗(きれい)な毛並みだ。思わず撫でてしまった。

ちょっと驚いたが、アルヴィが黒豹(くろひょう)の姿に戻って、眠っていたのだ。

古くから神獣伝説のある、ベルンシュタイン公国。

守護聖獣である黒豹は、大水害や飢饉(ききん)が起きると神山から下り立ち、民を救ってくれる伝説が、現代にまで流布されている。

そして公宮殿の守り神として、人々から畏敬され愛されているのだ。

美しい毛並みを撫でながら、唯央は気持ちが昂(たかぶ)ってくるのがわかった。

ヒートでもないし、アルヴィを求める必要はない。でも今はオメガではなく、ただの人間として、アルヴィに触れたい。

ずっと、こうして撫でていたかった。

すぐに身じろぎをするように、大きな獣が身を起こす。そして前脚を突き出し、背を反らせて伸びる。まるで、大きな猫だ。

「ごめんね、病院から戻って昼寝したら、うっかり夜まで寝ちゃった」

そう言うと、ペロンと顔を舐められる。気にしなくていいですよ、と言われたのだ。

「アルヴィは大きくて、あったかくて、手触りいいなぁ」

そう囁いて首根っこにしがみつく。すると反対に着ていたパジャマの襟元を咥えられて、ぐいっと身体を反転させられてしまった。

「わー、何するのー」

うつ伏せで伸しかかられて、苦しくなる。でも、イヤな重さじゃない。

むしろ覆い被さられると、拘束されたみたいな、淫靡な気持ちが湧き起こった。

「アルヴィ……、すき」

思わず囁くと、わかっているとばかりに、首筋を甘嚙みされる。

そこにはアルファに所有された、オメガの証し、嚙み跡があるのだ。

爪でひっかくようにして、下肢の衣服が剝ぎ取られて、肌が露出する。いつもの優しく紳士のアルヴィとは、まったく違う。

でもそれが、唯央を興奮させた。

自ら腰を高く上げ、淫らに男を誘う姿態を見せる。ふだんならば恥ずかしくて、考えたこともない格好だ。

でも、それがいい。

恥ずかしくて、いやらしいのがいい。

(っていうか、じ、自分で開かないとダメなの?)

ここに至って、さらなる卑猥さが必要とされる。唯央がお尻を開いてあげないと、挿入することも叶わない。

どうしよう。顔が熱い。ものすごく赤くなっている。

「アルヴィ、あの、恥ずかしいから、すぐ忘れてね」

小さな声で言ってから膝立ちになり、彼の前に秘部を曝け出す。

「ね、……きて。挿れて」

次の瞬間、大きな性器が当てられる。

そして肉の襞をかき分けるようにして、ゆっくりと唯央の体内へと挿入されていく。

「あ、あ、あ、あは……っ」

ずぐずぐと太い性器に侵略されて、淫らな声が上がる。

黒豹に犯されて感じるなんて、おかしい。異常だ。いやらしい。でも。

「アルヴィ、アルヴィ、いい、気持ちいい……っ」

すぐにぴったりと根元まで埋め込まれて、思わず仰け反った。

深くて、大きくて、すごく気持ちがいい。

ふと気がつくと、涙が頬を伝っていた。歓喜の涙だ。

「あぁ、あぁ、深い、ふかいぃ……っ」

その言葉が合図みたいに、獣がゆっくりと動き出す。

背後から挿入されているから、アルヴィの表情はわからない。自分だけ乱れていそうで、すごく恥ずかしい。声が止まらない。

「ああ、あ、あは……っ、いい、いい」

身体の内側から犯されて、みだらな声を上げている。

少し離れた部屋では、愛らしい我が子たちが、心地のいい眠りの中にいる。それなのに自分は、いやらしく乱れているのだ。

「んぅ――――っ」

襲ってくる背徳感と、たまらない愉悦。

自分の中に入っているのは、愛おしいアルヴィ。だけど、獣の姿だと違う生き物に犯されているみたいだった。

ぎゅうっと内部が狭まって、中の性器を締めつけた。それでも足りなくて、何度も淫らに腰をくねらせて、もっと貪ろうとしている。

「はぁ、あああぁん……っ」

ぐっと突き上げられて、深くなる。淫らな声が、卑猥に響く。

さんざん揺さぶられて、唇から唾液が流れて顎が上がる。

腹の中で大きな性器が、生暖かい体液が撒き散らかされたのを感じた。

「あ、あ、あ、あ、あぁぁ……っ」

ずるりと性器が引き抜かれそうになって、はっとなる。

(ぬかれちゃう、ああ、いやだ……っ)

四つん這いの格好のまま、必死で獣の性器を引き絞った。

「だ、だめ。ぬいちゃ、だめ。だめぇ……」

舌足らずの口調でそう言って、抗った。

もっと。もっともっと欲しい。

もっと黒い獣に蹂躙されたい。

切ない声ですすり泣くと、すぐに反り返った太いもので穿たれる。

「あはぁ……っ」

興奮して赤く膨れ上がった粘膜を、硬く太いもので擦られて、泣き声が上がった。

「いい、いい、あああ」

恍惚に蕩けた頭は、背徳感など覚えていない。ただ獣の長大なものを咥え込み、いかがわしく腰を揺すっているばかりだ。

淫猥な音を立てて、性器が内側を捲り上げる。

すごくいい。すごく気持ちいい。

そう言いたかったのに、快楽に溶けた口はうまく動かない。

獣の口が頰を掠め、長い舌がべろりと舐めた。それだけで身体がぞくぞく震え、体内の長大な男根を締め上げる。

「ああ、ああ、いい、死ぬ、しんじゃう……っ」

体内に放出された粘液が、快感を増幅する。いやらしい声が止まらなかった。

坂を駆け上がるみたいに、必死で動いた。ぐねぐねと淫奔に腰を蠢かして。

「んうぅ、んんんん――――っ」

自分のものではない、みだりがわしい声が上がる。

咥え込んだ性器は、いやらしく動いていた。

(もう少し。もう少しで摑める。もう少しで)

何を摑むつもりなのか。そもそも手はシーツを握りしめている。

交尾するみたいにつながって、背後から豹に犯される快感。

背を弓なりに反らすと、また深く貫かれる。終わりがない。だからいい。

「すごい、すごい、すごいぃぃぃ……っ」

自分でもわけがわからなくなって、大きく口を開ける。そこから高い声が上がったのと、獣が喉元に嚙みついたのは、同時だった。

「ああああ……っ」

頭の中で、光が弾けたみたいだった。

先ほどとは比べ物にならないぐらい、腹の中に吐き出される。

その粘液がものすごく熱くて、火傷しそうだった。

「アルヴィ、すき、だいすき……」

甘ったるい鳴き声が唇から零れた時。唯央は自分が勝てるはずがないと、今さらながら、自分はアルヴィの所有物だと思い知る。

でもそれは、幸福で甘すぎる服従だと思った。

□□□

次に瞼が開くと、辺りは明るくなっている。

「寝ちゃっていたのか……」

窓を見るとカーテンが開かれていた。誰が開けたのか。

「あっ、やばい……っ」

昨夜は獣のアルヴィと交わって、そのまま寝てしまった。とんでもなく乱れた姿を、使用人に見られただろうか。

ガバッと起き上がると、ズッキーンと痛みが走った。そのままヘナヘナ崩れ落ちる。

「あたたた、そうだ、いきなり動くとダメだった……」

そろりと動いて、なんとか起き上がる。すると、自分がパジャマを着ていることに気がついた。シルクの、つるつるしたものだ。

「アルヴィだ」

以前このパジャマを気に入っていた彼は、唯央に何度も着るようにと持ってきた。ただ確かに肌触りがいいけれど、すべるのが難点で、自分では着ないものだ。

よく見ると肌も乾いていて、さらっとしている。彼が、綺麗にしてくれたのだ。

「公世子殿下なのに、マメすぎる……」

溜息をつきながら髪をかき上げたその時、見慣れぬものが目に入った。

細い金の指輪が、左の薬指にはまっていた。

小さな真珠が一列に並んでいて、とても可憐(かれん)だ。でも、どうして、そんなものが自分の指で輝いているのだろう。

「おはよう」

背後から声をかけられて振り返ると、アルヴィが立っていた。シャツにズボンといった軽装だが、爽やかで素敵な姿だ。

「お、おはようございま……、っていうか、アルヴィこれ……」

思わず握り拳で左手を差し出すと、噴き出されてしまった。

「ははは、そうやって指輪を見せられたのは、初めてです」

そう言われて、女性は手の甲を前にして、指を揃えるのを見たなと思い出す。

これではジャンケンのグー。もしくは喧嘩の際に繰り出す、拳と同じだ。

「あー、そっか。ごめんね。指輪なんて初めてだから」

「そうですか。それは嬉しいな」

彼は唯央の手を取り、その指にくちづける。

「あなたに似合うと思って、取り寄せました」

「う、うん。ありがとう」

なんだか気恥ずかしい。この指輪は、どう見ても男物ではない。かなり華奢だし、可愛らしいデザインだ。自分なんかがしても、いいのだろうか。

「あの、どうしてぼくに?」

「この指輪を見た瞬間、あなたの姿が浮かんだからです」

「そうなの? えー、恥ずかしいけど、嬉しいな。ありがとう」

「どういたしまして。もちろんこれは、結婚指輪でも婚約指輪でもありません。正式にお渡しするものは当家の宝物庫から選び、ふさわしいように加工します」

「は？」

するする出てくる、結婚指輪とか婚約指輪とか宝物庫とか、意味がわからない。

ぽかんとしていると、ふっと唇にキスをされる。

「唯央。愛しています。どうか私と、結婚してください」

何を言われたのかわからず、固まってしまった。

そして、頭の中に言葉が突き刺さる。

「え？」

「ええ。結婚してください」

……やっぱりわからない。頭がフリーズしてしまっている。

「けっこん」

「はい」

「え？　けっこん、って、誰が？　誰と？」

「私と、あなたです」

「えええ？」

さらにわからない。どうしてオメガと結婚などと言うのだ。

「あのー……」

「はい」

「ルーナがいるのに、どうして、けっこん？」

「今でももちろん彼女を愛していますが、今では尊敬しすぎて手が届かない。それにルーナは、月に帰ってしまった。あなたなら、彼女も祝福してくれます」

意味が。意味が。意味が。わからない。

オメガの自分が、アルファと結婚。いや、ベルンシュタイン公国の公世子殿下と、平民を地で行く自分がどうして。

「唯央？」

無理。ありえない。ない。ないないないない。

「どうしましたか。顔が真っ白ですよ」

白。まっしろ。白くもなるわ。

そう言い返したかったが、言葉にならない。というか、ぱくぱくと口が動いているが、何も発することができなかった。

「む、む、む、む、む、むぅぅぅううううう」

無理と言おうとして、気が遠くなった。

大きな声で、誰かが自分を呼んでいる。叫んでいるのはアルヴィだ。何か言わなくちゃ。

心配させる。大丈夫。大丈夫。

この辺りで、何かが途切れた気がした。

そのままパタッと倒れてしまって、その後のことは記憶にない。ただ何度も自分の名前を呼ぶ声が、頭の中に響く。

そのことだけは、なぜか薄っすらと憶えていた。

7

サージュの父、オウルの入院は予想通り長引き、三か月にも及んだ。

晴れて退院許可を医師からもらい、唯央もアルヴィもアウラも、お祝いを口にする。

しかしサージュは喜びながらも、神妙な顔つきになっていた。彼は父親との同居を再開すると決めて、唯央たちの前で告げたのだ。

「今まで、お屋敷に住まわせてくれて、ありがとう。ぼく、お父さんと一緒に帰ります」

誰が何を言ったわけでもなく、子供である自分が、父の面倒を見ると決めたのだ。

そして自宅に戻るという、その日。

屋敷はまるでお通夜のように、ジメジメしていた。原因は主に唯央とアウラだった。

「無理はしないで、しんどくなったら、いつでも戻ってきていいからね。きみの部屋はずっと、そのままにしておくからね」

唯央がしょんぼりと言うと、彼は微笑んだ。

「ぼくが唯央のとこに戻ったら、お父さんも病院に逆戻りになっちゃう」

「うーん。その際はアルヴィ公世子殿下のお力で、また入院してもらうことにしよう」

そらっとぼけて言うと、隣でお茶を飲んでいたアルヴィが笑った。

「入院の手伝いは構いませんが、何よりもサージュに負担がないようにしましょう」

まったく動じることなく、彼は言う。

「それより何かあれば、すぐに言ってください。ここは、きみの家も同じだ」

真性イケメンの言葉である。アルヴィに社交辞令はなく、心から心配しているのだ。それを感じ取ったサージュは、真っ赤になっている。目元も赤い。

「ありがとうございます……っ」

だが、大きな問題が残っていた。アウラだ。

大人たちは話が早いが、子供はそうもいかない。サージュがこの屋敷を去ると聞いて、アウラはゴネにゴネた。

兄弟のように仲良くなっていたから、当然といえば当然だった。

「ごめんね。でも、ぼくはアウラの遊び相手だもん。必ず毎日ここに来るよ」

サージュは男前な台詞を言いながら、アウラを抱きしめる。しかし、抱きしめられたほうは、涙目だった。

「サージュちゃん、アウラとずっと、いっちょって、ゆったぁ」

そんなことを言っていたのか。

唯央はにじにじ近寄って、二人の話に聞き耳をたてる。

「ごめんね。お父さんの退院が決まったから、約束を守れなくなっちゃった」

「だって、サージュちゃん、いなくなったらアウラ……、アウラ、エーンだもん」

「いなくならないよ。毎日ここに来て一緒に勉強したり、遊んだりする。でも、夕方は帰ってお父さんのゴハン作って、洗濯しなくちゃ。お父さん昼間は、更生プログラム」

「あ、サージュのちち、ここでくらす！」

いきなりとんでもない名案が出た。しかし、行き当たりばったり。

「お父さんには、このお屋敷は煌びやかすぎるかなぁ。じゃあさ、ここで暮らすのは無理でも、いつもアウラのことギューってして、チューするよ」

この甘い台詞を聞いた唯央は、きゃーっとなる。

将来の番は決まりだろうか。ほんわか夢を見そうになったその時、二人は頬っぺや額にキスをして、暑苦しく抱擁を交わしていた。

(ど、どこのカサノヴァだ。サージュは可愛い顔をして、もしかして天然のタラシか)

そのイチャイチャに、唯央は眉間に皺を寄せる。

「アウラ、がまん、すゆ」

ぐずっていた幼児が、とうとう説得に応じる。すごく簡単だ。

サージュは手荷物をまとめていて、部屋も掃除してあった。立つ鳥跡を濁さずだ。

使用人の皆に挨拶すると、荷物があるからとアルヴィが手配した車に乗って、惜しまれながら去っていった。また明日になれば会えるとわかっているから、悲愴感はない。

ただしアウラは、いつまでもサージュを乗せた車を見送っていた。

「アウラ、おうちに入ろう」

そう声をかけると、こっくり頷いた。

永の別れでもないと思うが、淋しげな様子は不憫だ。

(天然の小悪魔だけど、やっぱり淋しいんだよね)

しょんぼりした姿を見ていると、ある人物を思い出す。

彼の名はスピネル・ラ・ペルラ。ベルンシュタイン公国の隣国ペルラ国の皇太子。

アルヴィと幼馴染であり、長い間の同級生でもあった彼は、なんと二十七歳差を気にもせず、アウラに恋い焦がれている。一言で言うと、変人だ。

アウラが大きくなったら番の誓いを結びたいと、真顔で言うのだから始末が悪い。

そんなスピネルも今のアウラと同じように、しょんぼりしていたことがあった。それは、当のアウラに振られた時だ。

冷静に考えればスピネルはものすごく変だが、それでも振られた直後は気落ちしすぎていて、さすがに可哀想だったなと思い出す。

(でもまぁ、まさか本気で番になりたいというわけじゃないよね。だって年齢はアルヴィと同じ。ペルラの皇太子。早世したアウラの母親ルーナの従弟。

何よりアウラとスピネルは、同じアルファ。どこを取っても無理でしかない。

そもそもアルファ同士は結婚しても番うなど、聞いたことがない。

（アルファはオメガと違って、妊娠できないはず。ならば二人は結ばれないのかな。でも子供がいない人はたくさんいるし、どうしても欲しかったら養子という手も……）

そこまで考えて、いやいやいやと思いっきり否定する。

（年齢が違いすぎる。スピネルが三十一歳で、アウラが四歳。えーと民法で定められた、男子の結婚可能な年齢が十八歳。アウラは今四歳だから、結婚できるとしても早くて十四年後として、その頃スピネルは、ええと……）

「四十五歳⁉」

「唯央、どうしましたか」

とつぜん大声を出したので、近くに座っていたアルヴィに声をかけられてしまった。それに慌てて、ううん、ううん、うううん、と頭をぶんぶん振る。

（ひゃーっ、愛に年齢は関係ないといっても、これはこれで倫理観がダメだと言ってる）

そう考えながら、四十五歳のアルヴィを想像して、頰が赤くなる。

（大公殿下もロマンスグレーで素敵な方だけど、アルヴィの四十五歳って……っ。うわぁ、どうしよう、すっごくカッコいい。考えただけでドキドキしてきた）

我ながら能天気だと思いつつも、動悸は激しい。

そして、それを見逃すアウラではなかった。

「唯央、かお、まっか」

「赤くない」

こういう時に大喜びするのが子供という生き物。アウラも例外ではなかった。

「まっか、よ。まっか。おさるの、おけつ」

「おけつとか言うんじゃありません。そもそも、ぼくは赤くないっ」

図星だったので、思わず厳しく声を荒らげた。だが、ムキになればなるほど、面白がるのも子供の特性で、もちろんアウラも子供のまんまだ。

「おけつ。おけつ。おさるの、おけつ」

「アウラ！」

いつも幼児と一緒の唯央だったが、肝心なところを忘れている。

子供というのは、人の嫌がることを延々と繰り返すし、下品な話が大好きな、面倒な生き物なのだ。

「まっかー、まっかっかー、まっかっかー。唯央のおかおは、おさるのおけつー」

「アウラーッ！」

追いかけ回してソファに並べてあったクッションを、山と積み上げてやる。もももももっと暴れたが、すぐに顔を出した。

「アウラ、ここで寝る」

ここことはアルヴィの主寝室。当然、唯央も同じ寝台で眠る。アウラは自分の部屋。赤ん坊でない限り子供は一人で寝ると決まっていた。

(今まで一回も、そんな我が儘を言ったことがなかったのに)

明日は普通に出勤してくるというのに、サージュが恋しいのか。

「あしたサージュちゃん、くる?」

「もちろん来るよ。運転手さんに、迎えの車もお願いしてあるもん」

「ほんとっ?」

キラキラッとした目で見つめられて、照れてしまった。

「本当だよ。なんでそんなに疑うの」

そう言うとキョッと目を見開き、笑う。

「まま、ね」

とつぜんママと言われて、ドキッとした。なぜここで、ルーナの話が始まるんだ。

「……ママがどうしたの?」

「まま、サージュちゃんと、おんなじ」

アウラは頰に笑みを張りつかせたまま、呟き続ける。

「どうしてママとサージュが、同じだと思ったの?」

「ままもサージュちゃんみたく、おっきなバッグにパジャマと、おきがえ、いれてね」

大きなバッグに着替えとパジャマ。入院の支度だろうか。

「うん」

「くるまで、おでかけ。すぐ、かえってくるねって、ゆったの。でもね、でもね……」

唯央は言葉が途切れてしまった。

慌ててアウラの頬を撫で、顔を見ると大きな瞳は濡（ぬ）れている。

「かえってきたとき、くろい、くるまでね。おっきな、はこ。まま、ねてた。おはな、たくさん。たくさんはいってて。まま、おひめさまみたいな、きれぇなドレス……」

黒い大きな車。たくさんの花に飾られた、大きな箱。

霊柩車（れいきゅうしゃ）と、花が供えられた柩（ひつぎ）。

途切れ途切れの、硝子（ガラス）の欠片（かけら）みたいな思い出。

それも無理もなく、ルーナが亡くなったのはアウラが二歳の頃。むしろ憶えているほうが奇跡だった。それだけ鮮烈な思い出だからだ。

静かに涙を流している子を抱きしめる。サージュと母親の姿が、ダブったのだ。

『すぐに帰ってくるわね』

幼い子が怯えないように、きっと笑みを浮かべて言ったルーナ。迫りくる死の恐怖に震えながら、健気にそう言って、微笑んだのだ。

なんて精神力だろう。なんていう愛の深さだろう。

「アウラ」

椅子で寛いでいたアルヴィが、いつの間にかそばにいた。彼は長い両腕で息子と、そして唯央を抱きしめる。

「そうだね。ルーナがお月さまに、飛んでいった日のことだ」

「うん、……うん。まま、あわてんぼう。ねんねしたまんま、おつきさまに、いった。だからサージュちゃんも、かえってこない？　唯央も？　唯央もいなくなっちゃうの？」

頼りない声。静かな涙。震える手。

胸が引き裂かれるみたいに痛い。アウラが。可愛いアウラが泣いている。

自分はこの子に、何もできないのか。

こうやってアルヴィに守られるだけで、オメガだと言い続けて、この弱くて愛しい子供を、救い出してあげられないのか。

ちがう……。

ちがう、ちがう、ちがう、絶対に、ちがう。

「違う！」

自分でも、びっくりする声が出た。アウラもアルヴィも、キョトンとしている。

「サージュは明日、ここに来る。ぼくも、ずっとここにいる。お月さまなんかにならない。ずっとここにいる。だってぼくは、アルヴィのオメガなんだから！」

「唯央……」

「ぼくは何があっても、アルヴィのそばを離れない。アウラだってそうだよ。大きくなったら、この家から出るだろうけど、ぼくはここにいる。アウラがいつ帰ってきても、出迎えるためだよ。おかえりなさいを言うためだ」

きっぱり言った瞬間、真剣な瞳に見つめられた。

「ずっと、ここにいてくれるんですか」

低い声は、アルヴィのもの。

どこか頼りなげで、震えるような声。愛おしい、ぼくのアルファ。ぼくの黒豹。

「私のそばに、アウラとアモルのそばに、いてくれるんですね」

「いる！　ぜったいにいるよ！」

アルヴィに指輪を渡された時。彼は当たり前みたいな顔だったし、ぜったいに断られないオーラ満載の、自信に満ちた態度だった。

確かに、断る理由はない。ていうか、あるはずもない。オメガが公世子殿下に、求婚される。こんなの、ありえないシンデレラストーリー。

だからこそ、心のどこかで怯えていた。

番になってアモルも生まれて、項に所有の印も刻まれて、何もかも順風満帆で。

でも、どこかで不安だった、自分が幸福になるはずがない。

幸せに酔うのは怖い。

だって失ってしまったら、怖くてもう立ち上がれない。そんなことを考えて怯えて苦しがって、以前は逃げようとも思って。

でも。でももう。

「ぼくはそばにいる」

怖がるのは、――やめるね。

「ぼくはアウラもアモルも、もちろんアルヴィも手放さない。だって、みんなを愛してる。離れない。未来永劫、どこまでも、くっついてやるんだから！」

高らかに宣言した。するとアルヴィは、アウラごとギュッと抱きしめてくる。

「いたっ、いたたたたたたた」

「ぱぱ、くるちい――っ」

二人がギャーギャー騒いでも、男の力は揺るがない。部屋の中は、阿鼻叫喚だった。

「唯央、ありがとう」

囁く声に顔を上げると、アルヴィが唯央のほうに、顔を埋めていた。

「あなたがそばにいてくれる。私とアウラとアモルのそばに、未来永劫いてくれるのですね。夢みたいだ。いや、夢なら醒めないでくれ……っ」

吐息のような声で囁かれ、唇をふさがれる。

苦しいし、アウラだっている。サンドイッチみたいな格好で、ぎゅうぎゅうに抱きしめられているんだから、さぞや苦しいだろう。

部屋に、いつ誰が入ってくるかわからない。

それでも彼の腕が緩むことはなかった。

まるで溺れている人が無我夢中でしがみつくみたいに、唯央とアウラを抱きしめた。

「愛してます」

苦しくて息が止まりそうだった唯央の耳に届いたのは、切ない囁き。薄っすらと目を開けると、泣きそうな顔をした美しい顔があった。

「愛しています。……愛している。私の唯央。私のオメガ。私の番……っ」

彼は、必死で唯央にしがみついている。いつもの余裕が嘘みたいな必死さだ。

「うん。ぼくもアルヴィが好き。だいすき……っ」

そしてまたキス。何度も何度も抱きしめられて、唇を合わせた。息ができなくて死にそうだったけど、それでもいい。

いっそ、このまま死ねたらいい。

幸福に酔いしれて、好きな人の腕の中で死ねたら。

そう考えただけで蕩けて、流れてしまいそうだった。

8

愛するアルヴィの腕の中で、このまま死んじゃいたい。そう思った。

しかし。

「ぱぱ、アウラ、ちんじゃう、よぉ――――ッ」

アルヴィと唯央の真ん中に挟まれていた、ちびこが絶叫した。

大人二人がハッとなって、慌ててアウラの両頬を支えると、真っ赤な顔をしたアウラが、ぷんぷん怒った顔で睨みつけてくる。

その顔を見たアルヴィが、とうとう噴き出してしまった。

「わらうのダメ！　ぱぱも唯央も、ちゅっちゅっちゅっちゅっぱっかり！　おとななんだから、おちついて、よぉ！」

四歳児に、ガチで怒られてしまった。

しかし、ちゅっちゅっちゅっは、大人だからするのではないのか。

だが確かにこちらが悪いので、申し開きのしようもない。ひたすらゴメンと言い続けた。

「アウラごめんね。苦しかったでしょう」

「パパが悪かった。感極まってしまって、それでつい」

見苦しい言い訳をしながらペコペコすると、アウラは上から目線で言い放つ。

「バツとして、ちょこ、ふぁ、ひゃっかい！」

「ちょこふぁ？　何それ」

本気でわからなくて訊くと、んむ――――――ッと怒られる。

「わぁ、アウラが牛になった」

「うし、じゃないっ。ちょこ、ふぁは、チョコの、おっきいやつ。とろーっとしたの。ぐるぐる、ざばーって、なるやつ。まえに、唯央といっちょに、たべた！」

「あ、わかった。チョコレートファウンテンだ！」

以前アウラのお友達を招待した、チョコパーティのことを言っているのだ。

「でもチョコレートファウンテンを百回も食べたら、ブタちゃんになっちゃうよ」

「だからぁ。おきゃくさま、よぶの」

「お客さまって、キンダーガーデンのお友達？」

「んーん。さいしょはサージュちゃんと、サージュちゃんの、ぱぱ」

「少なっ」

「だって、サージュちゃんの、ぱぱ、びょうきでちょ」

「うん。病み上がりだね」

「やみあ、がり。だから、おみ、お、みみみ」

「お見舞いだ」

いきなり冷静な声がした。アルヴィだ。

彼を見ると先ほどの、熱に浮かされたみたいな表情ではない。

（あ、落ち着いちゃったなぁ）

情熱的な囁きが、まだ耳に残っている唯央としては、かなり残念だった。

一方アウラは、お見舞いの一言に、大きく頷いた。

「そぉなの。サージュちゃんの、ぱぱ、なおってよかったの、おいわいしなく、ちゃ」

妙に張りきるアウラの髪を撫でてやりながら、病室での場面が頭をよぎる。

（お祝いに反対はしないけど、お父さんはぼくに、会いたくないだろうなぁ）

（っていうか、ぼく偉そうに説教しちゃったもん。そりゃ、嫌われたよね）

深い溜息が零れたが、言葉は戻らない。

考え込んでしまっていると、またしても服の裾を引っ張られた。

「だいじょ、ぶ」

「アウラ」

唯央の服を引っ張っている子は、にっぱーっと笑う。

「だいじょぶ。だいじょぶ！」

アウラは天使の微笑みでそう言う。そして、きゅうっと、しがみついてきた。

これが幸福だと噛みしめる。

神さま仏さま、アルヴィ、ルーナ。この世の森羅万象すべてのみんな。

アウラをこの世に遣わしてくださって、ありがとうございます。本当にありがとう。

そう感謝を捧げたその時、壁にかけられた肖像画の女性が、微笑んだように見えた。

「ルーナ……」

少し呆然とした呟きは、アウラにも愛しい恋人にも訊かれていない。少しホッとしながら、もう一度、肖像画を見る。

それはアルヴィの妻でありアウラの母である、ルーナの肖像画だった。

□□□

その夜。アルヴィと唯央は何度も抱き合って乱れた。

甘すぎるくちづけ。蕩けそうになる熱い抱擁。

いつもより、快感が大きい気がする。

アルヴィが何度目かの遂情を果たして、唯央の体内に精液を放った時、いっしゅん意識が飛んだ。幸福な気持ちでいると、何度も額にくちづけられた。

「アルヴィ……」

「ごめんなさい、つらいでしょう」

優しい言葉に、ううんと頭を振る。本当は、もっとしてほしいぐらいだ。

アルヴィの手を取って、唯央はキスをする。

自分ぐらい幸福なオメガはいない。

「式はいつにしましょうか」

「式?」

ぼんやりした耳に、聞き慣れない言葉が届いた。

「式って、なんの?」

「私とあなたの、結婚式です」

理解不能な言葉だった。それはまず、自分の辞典にはない。

「む、む、む、無理……っ」

真剣な顔で問い詰められて、泣きそうになった。結婚式ってナニ?

「ぼく、内縁の妻がいい」

「内縁の妻?」

「事実婚っていうやつ。後で大公殿下とお妃さまに報告するとか。あ、なんなら皆で食事会とかしようよ。わー、なんか素敵」

「それはできかねます」

アルヴィはそう囁くと、唯央の額にキスをした。

「私の立場上、あなたの存在を内密にすることはできません。アモルのこともある。あなたは私の番であると同時に、妻でもあるのですから」

ありえない言葉に憤死しそうになった。

妻。

「あー……、はい。なんか、わかったような、そうじゃないような」

呻くと、またキスが降ってくる。瞼に、額に、頬に、唇に。

くちづけは甘く、何も考えられなくなった。

「結婚式よりも、先に君主の日がありましたね」

蕩けた耳に、呟きが聞こえた。何を言われたのだろうと目を開こうした。しかしすぐに、アルヴィが瞼にキスをしてくる。

「いいですね、あなたは私の花嫁です」

瞼への愛撫は止まらず、瞳に舌が触れた。身を竦めると、ぬるりと舐められる。

「あ……っ」

「あなたの瞳は、とても甘い」

何度も舌で愛撫されて、それだけで感じてしまった。

「あ、アルヴィ、そんな、そんなところ、だめ……っ」

「どうして？　まるで果実のようです。うっかり噛み切ってしまわないよう、注意が必要なくらい、とても甘くて、おいしい」

その一言を聞いた瞬間、背筋に痺れが走った。あ、と思ったけれど、身体が勝手に反応してしまい、一気に上り詰めてしまう。

「あ、あ、ああああっ」

触れられてもいないのに、吐精してしまった。

はぁはぁと息を乱す唯央の汗を、アルヴィはまた舌で舐めとる。そして。

「悪い子だ」

彼はそう囁くと身体を起こし、唯央の太腿（ふともも）を大きく開いた。

「一人だけ楽しむのは、フェアではありませんね。私もぜひ、参加させてください」

そう言いながら、硬く張り詰めた性器を、唯央の体内へと挿入していく。これで何度目の性交だろうか。

「アルヴィ……っ」

疲れているとか眠いとか、言いたいことは山ほどあった。

でもそれよりも、挿（はい）ってくる昂りが甘すぎて、無意識に身体が悦（よろこ）んでしまっていた。その歓喜は、もちろん彼にもわかっている。だから蹂躪をやめてくれない。

アルヴィは唯央を抱き起こすと、寝台に座り込んだ。そしてその中心へと、濡れた身体を落としていく。とたんに唇から、悲鳴が起こった。

「ああ、ああ、ああ、きもち、いい……っ」

性器に捲り上げられた粘膜が、蠢いた。

「あああ、あ、あああ、おっきい、おっきいよぉ……っ」

ずぶずぶと深く男を飲み込んで、襞が嬉しそうに痙攣する。

「ひ、ひぃい……っ」

「ああ、すごい。中が蠢いています。なんていやらしいんだろう」

熱い囁きが、耳朶を焼く。その吐息が敏感な肌を焼いた。

「あああああ」

とうとう根元まで飲み込んでしまった。思わず仰け反ると、その喉元に舌を這わされる。

目いっぱいに広げられた粘膜が、ひくひく動いていた。

「愛しています。私のオメガ……」

優しい声で言ってから、彼は唯央の両脇に手を差し入れ、ぐっと身体を持ち上げる。

「え……」

ずるずると性器が引き抜かれる感覚に、戸惑った声が零れた。

「あ、やだ、やだぁ、抜かないで。抜いちゃ、やだぁぁあ」

「ごめんなさい。もう、我慢できない」

何を言われたのかと目を瞬いたのと、身体が引き落とされたのは同時だった。

「あああああっ」

ぎりぎりまで引き抜かれたものが、一気に引き落とされる。その衝撃に仰け反り、大きな悲鳴が上がった。

唯央の性器から、透明な愛蜜が噴き出した。

身体が完全に落ちて男根を飲み込むと、身体の中でさらに硬くなっていく。

「中が動いて、私のものを受け入れています。とても嬉しそうだ」

「ああ、やめて、言わないで、……言わないでぇ」

「どうして？　あなたは私を貪るのが嬉しくてたまらないのでしょう。ほら、また動いた。ああ、食い尽くされそうだ」

身体を支えていた手が離されて、何度も上下に落とされる。彼の性器が抉るようだ。ひっきりなしに穿たれて、もう何も考えられない。

「あ、ああ、ひぁ、いい、いい……っ」

いやらしい声と、淫らな肉の音が部屋の中に響く。

「アルヴィ、すき、すき、すきぃぃっ」

腹の中に収まる彼の性器が、また硬く大きくなるのがわかった。濡れそぼった紅い華が、どろどろに汚されるみたいだった。

唯央は朦朧（もうろう）としながらも、うっとりと微笑んだ。

唇から涎（よだれ）を垂らし恍惚とした表情を浮かべている姿は、たまらなく淫らだった。

「唯央、なんて顔だ。いく、ああ、いくぞ」

ふだんでは聞くことのない、野卑な物言い。それが唯央の色情を煽（あお）る。

嵐の中の小舟のように、何度も揺さぶられた。がくがくと揺れる身体が大きく痙攣する。

唯央は髪を振り乱して、大きな声で叫んだ。

「あ、あああ、いく、いっちゃう、いくぅっ」

達した瞬間、男を絞めつけたのだろう、アルヴィも低い呻き声を出す。

「うぅっ」

白い喉を仰け反らせて、唯央が達した。そのすぐ後に、アルヴィも大きく胴ぶるいをし、大量の体液を唯央の体内に吐き出した。

「ああ、ああ、ああ……っ」

熱い精液があふれ、ごぽりと零れ出てしまう。

たまらない感覚が襲ってきて、思わず甘い声が零れた。いやらしい愛蜜で、シーツが汚れるのがわかった。

（なんて、いやらしい。淫らだ。それなのに、止められない……」

それでも犯される恍惚から、逃げられない。それどころか、嬉しいと思う。

アルヴィが好きだから。

そして彼に愛されていると、実感しているから。

うっとりとしながら身体を起こし、愛おしい人の唇にくちづけた。

「すき……」

「ええ」

返ってきたのは、冷静な声。いつものアルヴィだった。

「本当に、すきだよ」

何度目になるのだろう。繰り返される睦言。それを彼は余裕で受け止めてくれる。

「私もです。私のオメガ。私の唯央。私だけの唯央」

聞き慣れた言葉に安心する。

いつもと同じ愛の言葉は、唯央にとっての安定剤だ。

「はい、……旦那さま」

アルヴィの額にキスをして、そして眠りに落ちていった。

Epilogue

とうとう君主の日がやってきた。

アルヴィは予定にはなかったが、パレードで美しい騎乗姿を披露することとなった。

おねだりが効いたのだ。

唯央は興奮して、パレードを見に行くと大騒ぎだった。しかしエアネストに、冷たく却下される。警備は限界まで動員されており、これ以上の人員は割けないというのだ。それを聞いて、普段なら大人しく言うことを聞く唯央が、めずらしく食い下がる。

「ぼく、物陰からパレードを見て、帰ってくるよ」

「ありえません」

「アルヴィが騎乗するんだよ。近くで手を振りたいと思うのが人情でしょう」

「承服いたしかねます」

「でもさ、見たいと思うのが人の心だよね」

「先に申し上げた通り、警備の人員はこれ以上割けません」

「……ですよねー」

けっきょく、この野望が果たされることはなかった。

無理を言って、誰よりも怖いエアネストの邪魔はできないし、これ以上、彼に嫌われるのは得策でないと思ったからだ。

唯央は、公宮殿の屋上に上った。ここは広々としているが、落下防止の柵もないので、ふだんは立ち入り禁止。ちょっとした穴場だった。

敷き詰められたブロックはコンクリートで、地味に暑い。穴場ではあるけど、誰もいないのには理由があるのだ。

(絶景、見放題！)

暑すぎる場所だが、それでも景観は最高だった。ちゃっかり双眼鏡も持ち込んでいる。バッチリだと嬉しくてニタニタする。

(でもまぁ、ぼくぐらいなら屋根で十分だね)

唯央も今日は君主の日を祝う公主一族として、末席だが催事に参加できるそうだ。それを聞いたとたん、無言でムリムリと頭を振って断った。

「そんな華やかで煌びやかな場なんて、無理に決まってるじゃん」

自分には不釣り合いすぎる世界など憧れるというより、恐怖でしかない。

屋上からパレードを見られただけで満足だし、アルヴィは自分に向かって、確かに手を振ってくれたような気がする。それだけでも、幸せすぎた。

「お祭りといえば、街の中心部から教会のほうに、屋台がたくさん出ているんだよね。行きたいけど、これもエアネストは却下するだろうな。そういえば、お父さんとお祭りに行ったことあったな。あれはなんのお祭りだっけ」

父が生きていた頃に一緒に食べた、ソーセージを挟んだサンドイッチ。分厚いポテトや、穴が開いていないドーナツ。トッピングが楽しいカットピザ。

それらが所狭しと湯気を立てて屋台で売られていた。お祭り飯だ。

お祭りの名目なんて、子供は気にもしていなかった。でも楽しい思い出。宝箱で光る、大切な記憶だ。

「アウラはジャンクフードなんか食べたことないだろうから、ご馳走したかったなぁ」

言っても仕方がない。お尻とお尻尾が可愛いあの子は、公子殿下なのだ。

駄菓子など食べさせたら、エアネストが鋭い目で追いかけてくるだろう。

アルヴィだって、大好きだけど公世子。世界有数の富裕国であるベルンシュタイン公国の、未来の大公なのだ。

「身分違いって、こういう時に使う言葉だね」

久しぶりに卑屈な気持ちになった。以前なら二言目には「ぼくオメガだもん」と言って、イジイジしていたのに。

お祭りの最後には、宮殿のバルコニーに大公一族が出て、集まった民衆に笑顔を向けるという行事があった。

大公と公妃、アルヴィ、アウラ。そして大公の姉弟だ。皆が豪華な衣装に身を包み集まっているだろう。

国民にとっても、自慢の大公一族が現れるのだ。楽しみな一幕だ。

自分は関係ないからと、屋敷の奥に引っ込もうとした。すると。

「わぁっ」

とつぜん現れたアルヴィに、背後から手を摑まれて、大きな声が出た。

彼は先ほど騎乗していた時と同じ、白い大礼服姿だ。ものすごく美しい。

「びっくりした。アルヴィ、何するの」

抗議しても彼は知らん顔だった。それどころか、とんでもない宣言をする。

「これから大公殿下と一族がバルコニーに出て、国民に挨拶します。たいして時間はかかりませんから、きみも、ぜひどうぞ」

「ぜひどうぞって、何それ。意味がわからないよ。ぼく、オメガなのに」

「オメガであろうとなかろうと、きみは私のパートナーであり、アモルの母親です」

「そりゃそうだけど、ぼくは立場が違うって！」

思わず大きな声が出てしまった。婚約したとはいえ、まだ正式な手続きは済んでいないのだ。だが、目の前の公世子は怯まない。

「何も違いません。私の愛する家族を愛する国民に、披露したいです」

アルヴィは唯央の手を握ったまま、廊下をズカズカ歩く。ふだんの優雅な振る舞いと同一人物とは思えないほど、傍若無人な動きだった。

「アルヴィ！」

とうとう大きな声で名を呼ぶと、バルコニー前で用意をしていた親族が、揃ってこちらを見た。大公殿下と公妃、それに親族の面々。

世俗に疎い唯央には大公夫妻以外の名前もわからないから、思わずたじろいだ。だけど。

「きみがアルヴィのオメガか。初めまして。さぁ、どうぞ」

穏やかな声で、紳士に話しかけられた。それに他の婦人も続く。

「バルコニーで挨拶なんて、恥ずかしいわよね。大丈夫、ニコニコしていればいいのよ」

「赤ちゃんは連れてきてないの？　残念。抱っこしたかったわ」

皆が口々に優しく言って、唯央を迎え入れてくれた。驚いているとアルヴィに、背中をそっと抱きかかえて、エスコートされる。

「強引に連れてきて、すみません。でも、どうしても皆に紹介したかったんです」

「アルヴィ……」

いよいよバルコニーの扉が開かれる。その時、聞き慣れた声がした。

「お待たせしました、アルヴィさま」

声の主はルイスだ。アウラを連れている。

おめかしして帽子を被り、襟の高いジャケットを着ている姿は、可愛い貴公子だ。

そしてその隣には、アモルを抱っこしたマチルダまでいる。公子のアウラは当然として、どうして赤ん坊まで。

「本当にぼくも出るの？　無理だよ、平服で出られるわけないし、それに……」

「唯央さま、ご安心くださいませ！」

必死で言い募ろうとする唯央に、マチルダが微笑んだ。

「お洋服は間に合いませんでしたが、ジャケットだけでもと思い、お持ちいたしました」

明るい声に視線を向けると、ルイスの持っているガーメントケースが目に入る。彼はすぐにファスナーを開いて、中から濃紺のジャケットを取り出した。

なめらかな生地は、見るからに上等だ。黒のモールに縁どられた美しいジャケット。綺麗なものだが、それがどうして、自分の前にあるのだろう。

「な、な、な、何それ……っ」

「アルヴィさまのお申しつけにより、準備いたしました。急なことでしたので、ジャケットしかお仕立てできず、残念です」

「いや。いやいやいや、意味がわからないよ。どうしてぼくが、そんな」

「ご心配なく。今お召しの黒のズボンで、問題ございません。さぁ、お早く」

「そんなぁっ」

唯央が何か言おうとしたが、忠実な執事はさっさと上着を羽織らせ、素早くボタンを留めた。アルヴィを見上げると、彼は目元をほころばせる。

「お似合いです。バルコニーがあるから、下の服は見えません」

「そんな！」

ほぼ悲鳴に近い声を上げる。しかしアルヴィはまったく揺るがなかった。

「言ったでしょう。私の愛する家族を、皆に披露したいのだと」

アルヴィはアモルを左手で抱っこすると、右手を唯央の肩に添えた。

(え、本当に出るの？　なんでぼくが。なんでぼくが。なんで)

そしてバルコニーに出ると青空が目に入り、次に眼下に集う大勢の国民が見えた。

「えええ……っ」

もちろん主役は大公殿下と公妃だ。自分など末席も末席。そうそうたるメンバーの陰に隠れていれば、誰の目にも映らないだろう。

そう逃げを打った唯央は策略も虚しく、アルヴィの手で前へと引きずり出された。

「わー、何するのー」

「そんな後ろにいたら、誰にも見えないからです」

「いやいやいやいやいや、見られないようにしてるんだったら！」

アルヴィとアウラは、国民のアイドルのような存在だ。その彼に肩を抱かれている自分は彼らの目に、どう映っているのか。

（なんだ、あのガキは）

（アルヴィさまの番だと。貧相な子供だ）

（図々しい。自分も大公ご一家の一員のつもりだよ）

（身の程知らずのオメガめ）

誰も何も言っていないのに、頭の中で嘲笑が響く。

逃げたい。本気で逃げたい。

泣きそうな顔をしていると、とつぜん唯央はアモルごと抱きしめられた。

「アルヴィ……っ」

「私はあなたを愛したことに、一片の曇りもありません」

目を瞠（みは）った唯央に、彼は艶然と微笑んだ。

「後悔どころか、私の愛する人と愛し子を、皆に見てもらい、祝福してほしいのです」

「……だって、ぼく、オ、オメガ……」

「あなたがオメガで、私がアルファ。だからこそ巡り合い、番になれたのです」

いつの間にか涙が滲んで、声が震える。

例えばアルヴィの妻ルーナだったら、誰もが賛美し祝福しただろう。

美しく気品あふれる伯爵令嬢。銀幕でも活躍し、その美貌を讃(たた)えられた女優。そしてアウラという公子の母でもある。

でも唯央と彼女は立場が違う。何もかもが違う。

一般の家庭で生まれた、平凡な人間。男で、たいした教養もない、しかもオメガだ。

こんな自分がアルヴィの伴侶として、認められるのか。

ずっとオメガだと恥じて、生きていたのに。認められるどころか、忌まわしい存在だと言われ続けていたのに。

それなのにアルヴィは、はっきりと言った。

「オメガがなんですか。あなたは、あなた。私の愛する、ただ一人の伴侶です」

その言葉を聞いたとたん、しゃがみ込んで大声で泣き出したくなった。

だが、そんな唯央の服を引っ張る者がいる。なんだろうと視線を向ける。

そこには、きらきらした宝石みたいな瞳をした、アウラがいた。

「ア、アウラ、あの、これはね、これは……」

この幼子に何をどう言ったらいいのか。戸惑っていると、彼は満面の笑みを浮かべた。

「アウラも唯央と、みんなに、おてて、ふりたい、の」

あどけない言葉だったが、アウラは真剣な瞳をしている。必死なのに、笑みを浮かべて唯央を見てくれているのだ。

これほど健気でひたむきな姿に、勝てる人間がいるだろうか。

公主と公妃がいるバルコニーに、アモルを抱っこしたまま出た。そして門の向こうにいる、たくさんの民衆に腰が引ける。

「唯央、こうよ。こう」

アウラが見本を示すように、右手を大きく振る。すると笑いと歓声が上がる。とにかく国民のアイドルだから、堂に入ったものだ。

「ねぇねぇ、唯央も、おてて、ふって」

何度も言われて観念し、ちらっと右手を振ってみる。しかし、肘が胴から上に上がることはない。とにかく、場違い感が拭えないからだ。

アルヴィはアウラを肩に抱き上げ、唯央とアモルを抱き寄せた。一家のお披露目だ。とたんに大歓声が上がり、民衆から温かい拍手が湧き起こった。

あふれる涙が止まらない。アルヴィがそんな唯央の頬に、キスをする。

「あなたは私の、一生の番。ともに生きていきましょう」

「はい……、はいアルヴィ」

優しく、しかし力強く囁かれ、それに何度も頷いた。

「ずっと、ずっと一生、そばにいさせて……っ」

アモルごと抱きしめられて、気が遠くなる。民衆から、また拍手が湧き起こる。

こうして君主の日は次世代を披露して、無事に幕を閉じた。

□□□

心の中のミルクは静か。グラスの縁まで満たされても、不安に揺れることもない。
これからもずっと。ずっと。ずっと、永遠に。
大切な人を愛し、守ることを唯央は誓う。
二度とミルクを零さぬように。

end

ミルクと真珠とチーズのケーキ

CHARADE BUNKO

「唯央、きいて！」

いきなり名指しされて、トーストにバターを塗る手が止まる。

「なぁにアウラ。バターつけてからの、ジャムは嫌？　おいちぃよ」

「アウラそれすき！　すっごく、おいちいよねっ。あとね、ハチミツも、すき！」

「だよねー。でもパン二枚は多いから、半分こにしてジャムと蜂蜜にしよっか」

「わーい！」

大喜びだったが、すぐに真顔に戻る。

「ちぁう！　唯央きいてよー」

アウラ語で『ちぁう』は違うの意。ハイハイと返事して、トーストを皿に置く。

「それで、何を聞いてほしいの？」

「スピちゃんとアウラ、おわかれしようと、おもう」

「は？」

アウラの決別宣言は、ある日の平和な朝食の席で始まった。

意味がわからず聞き返す唯央と、うぷうぷご機嫌のアモル。そして眠そうな顔で、新聞をめくっているアルヴィ。

いつもどおり、平和で穏やかな朝。

しかしそこに投下された、アウラ爆弾は鮮烈だった。

□□□

「スピちゃんとは、けつべつ、なの」

「決別なのって言われても……」

（これはネタなんだろうか。じゃあ、乗ってあげなくちゃ悪いかな）

意味不明で唯央は首を傾げる。

「昨日は庭で捕まえた蛙ちゃんと、結婚するとか言っていたよね」

「う」

「もしかして、蛙ちゃんと結婚したいから、スピネルが邪魔になったの？」

恐々聞いてみると、幼児はぱぁっと頬を輝かせ、親指を立てた。

「う！」

「なるほど」

こんなところで四歳児に邪魔にされている、スピネル・ラ・ペルラ。

稀代の美青年皇太子が、なんとも哀れで涙を誘う。

天然資源が豊富なペルラ国は、ベルンシュタイン公国と並んで、世界屈指の富裕国だ。

そのロイヤルファミリーのスピネルは、いつも社交界で話題となっている。

それも当然で金色の髪と瞳が印象的な彼は、たいそうな美形だ。すらりとした長身と、華やかな容姿。彼自身も富豪であり、しかも憧れの対象に見られるアルファだ。

女性にとって、魅力的な殿方だろう。

男の身でありながら社交界の華と言われる彼は、未だ独身を貫いている。

彼には秘密があるからだ。

(そんなピッカピカの貴公子が、よりにもよって……)

そこまで考えて、笑いがこみ上げる。しかし大笑いはかろうじて抑えた。

「スピネルはアウラに、振られちゃうんだな。お気の毒に」

「カエルちゃん、かわいいの。カエルちゃんと、けっこん。唯央、いいとおもう?」

スピネルは哀れにも、蛙ちゃんと比べられている。そして負けた。

蛙に負けたのだ。

(これを知ったら、スピネルは生きていけないかもしれない)

さすがに気の毒だと同情するが、基本的には気にならない。

なぜならば答えはひとつ。

(だって、ぼくスピネルのこと、どうでもいいから!)

清々しいほどの嫌いっぷりだ。

それぐらい、彼への遺恨は根深い。

以前も唯央に対して、ネチネチちょっかいを出してきた。アルヴィとの番を解消して、自分と番になってくれというのだ。

しかも彼は唯央に、これっぽっちも興味などなかった。それなのになぜ番話が出たか。それはアルヴィへの嫌がらせに、ほかならない。

多大なストレスを与えられて唯央は疲弊し、思い詰めた。

それだけじゃない。我が子のアモルが高熱を出した時も、番になってくれれば、秘伝の薬を渡そうと言い出したのだ。

あれには呆れた。ほとほと愛想が尽きた。そして恨んでいる。

海よりも深く空よりも高く、彼への怒りは、ぐつぐつ沸騰し続けていた。

そんなことはおくびにも出さず、にっこり微笑む。

「アウラの人生だから、好きにしたらいいよ。でもさぁ、スピネルとお別れって言うけど、そもそも、つき合ってないじゃん」

「う」

ふと見ると、新聞を持つアルヴィの手が、小さく震えていた。

「なんでお別れしたいって思ったの？　まぁ父親と同じ年の男って、アメージングか」

幼児は無言で、じっと考えている。横顔だと頰が丸々として、とても可愛い。

だが放った言葉が強烈だった。

「アウラ、そくばくする、おとこはキライ、なの」

束縛する男は、嫌いなの。

たどたどしい言葉を聞いた瞬間。アルヴィがとうとう、声を出して笑った。

「あはははははははっ」

唯央の手が止まる。こんな朗らかな彼の笑い声を、初めて聞いたからだ。

「アルヴィ……、笑いすぎ」

部屋の中にいた執事たちは、プロの使用人。そのため主人の会話は、聞かぬ振りが徹底されている。そして、ほとんど表情を動かさない。

だが、アルヴィの大笑いには、さすがに動揺したようだ。

ベルンシュタイン公国の公世子殿下。憧れの的でもある彼の大笑い。あまりにも意外すぎて、とうてい誰にも信じてもらえないだろう。

(これは休憩時の話題になるだろうな)

唯央はこっそり思い、なぜかおかしくなった。

そもそも彼とスピネルは因縁が深い。

同じ年齢の彼らは、同じパブリックスクールに入り、寮も同室だった。よくできる生徒だったアルヴィは、スピネルに嫉妬されて、様々な嫌がらせを受けてきたのだ。

　そして卒業して、数年後。

　スピネルの初恋の人、ルーナが、アルヴィと電撃結婚。

　彼にとっては青天の霹靂にも等しく、彼いわく、一週間も寝込んだらしい。

　このことでスピネルにとってアルヴィは、生涯の敵として憎まれ続ける。

　一方、アルヴィからすると、スピネルは面倒な相手だった。

　学生時代は、ただのルームメイト。あとはただ無駄にちょっかいをかけてくる、うるさい男という認識だ。

　しかし最愛の我が子、アモルが病に苦しんでいる時、彼はペルラ国でしか採れない植物と引き換えに唯央との番を、ねちっこく要求してきたのだ。

　普通ならば、喧嘩に発展する。いや、殺し合いになっても不思議はない。だがアルヴィは、精神力で、スピネルを自分の意識から排除するよう努めた。

　アルヴィにとってスピネルは空気。もしくは、それ以下。

　そう認識するようにしていたが、今回の息子の発言を、どうやら気に入ったらしい。

「よく言った、アウラ」

　アルヴィは持っていた新聞をテーブルの上に置き、満面の笑みを見せる。

「そう。相手を束縛する男は、下の下の、その下をいく下だ」

自信たっぷりの言葉に、唯央は密かな溜息をつく。

その束縛が原因で、いろいろと大変だった。

サージュをこの屋敷に連れてきたボーイに会いたい。この不用意な発言が、アルヴィの嫉妬を買う羽目になったのだ。

□□□

唯央のたっての願いで、ボーイの仕事ではない、お茶を運ぶ仕事をジンに頼んだ。

サージュの隣人であり、昔からよく面倒を見てくれたというジン。サージュに金がなく困っていた時、この屋敷で仕事を斡旋したやり手だ。

ジンは、機敏で長身。しかもカッコいい青年だ。

「お茶をお持ちしました」

「ありがとう」

慣れない茶器を扱う姿も、初々しくて好感度が高い。

ボーイの制服を着ていてもわかる、逞しさ。アルヴィもそうだが、いわゆる細マッチョというやつだ。肩幅も広く、短く刈り込んだ髪も精悍で、目を奪われる。

(ひゃーっ！　カッコいい！　脚ながっ。なっがい！　アルヴィと並んでほしい！　絶対どっちもカッコいい！）

　声には出さなかったが、心の中では大絶叫の大喜び。

サージュのような、お人形系の華奢な子供も大好きだが、アルヴィのように均整が取れていて、なおかつ逞しい体躯が、すごく好き。

　唯央の隠れた憧れなのだ。

　唯央は逞しい男性に弱い。恋愛の対象というより、憧れなのだ。

（ぼく、細っこいから、筋肉ないんだよねー。ムッキムキいいよね。なりたいな。……いや、ムキムキだとアルヴィに嫌われちゃうかな）

　くだらないことを考えている唯央の目の前に、ケーキスタンドが運ばれる。

　三段のスタンドの、一番下には薄いパンに挟まれた、きゅうりのサンドイッチ。二段目には、クロテッドクリームとジャムが添えられた、焼きたてのスコーン。一番上には、綺麗なフルーツタルトやマカロン。

　実に正統派のアフタヌーンティーだ。だが。

（おやつって、こんなに輝かしくていいの？　夕飯前に、ありえない）

　優雅なメニューを見ながら、なぜか罪悪感に囚われる。庶民派の唯央にとって、この品々は、あまりに煌びやかで目が眩む。

（アウラは、こういう席に慣れているよね。だけど一緒に食べたいな）

キンダーガーデンで元気に遊んでいるだろう子の顔が、ふわふわ浮かぶ。

その時、大きなポットで淹れられた熱い紅茶が、カップに注がれた。

「失礼いたします」

「ありがとう、ジン」

そしてそのお茶の席に、なぜかアルヴィもいたのだ。彼は肘をつきながら、怠惰な表情で、唯央とジンを見つめていた。

いつもの彼らしくないポーズに、唯央は引っかかった。

(なんか、もの言いたげだなぁ)

ジンが下がったら、そのアンニュイの理由を訊いてみよう。そう思った瞬間。

「唯央さま、先日はサージュの件でお骨折りくださって、ありがとうございました」

とつぜんジンに頭を下げられた。それに唯央はびっくりだ。

「え? ぼく、なんにもしてないよ」

慌ててそう言ったが、ジンはやたらキラキラした目で、自分を見ていた。

「とんでもないです。サージュがお屋敷で仕事をできるよう、わざわざアルヴィさまに、お願いしてくださったと聞きました」

「あ、それはぼくじゃなくて、アルヴィが決定してくれたやつだよ」

「はい。アルヴィさまにもお礼が言いたかったんで、いらしていてくださって、よかったです。それに、サージュの親父のことも……」

オウルのことだ。その一言で唯央の顔から、血の気が引いた。

病室でオウルに向かって吐いた暴言の数々が、一気によみがえったのだ。

(うわ――――)

真っ赤になる唯央に構わず、ジンは話を続けていた。

「病院にも一緒に行ってくれて、本当にすみません。俺が行ければよかったんだけど」

すごく神妙に言われたので、唯央も姿勢を正す。アルヴィの様子を横目で見ると、彼も肘をつくのをやめて、こちらを注視していた。

「ぼくヒマだし、いつでもつき添うよ。でも前回は行かないほうがよかった。送迎の手配もしてもらったんだし、別につき添いがいなくても……」

そこまで言うと、ジンがいきなり頭を下げた。

「いいえっ、ありがとうございます!」

「えっ?」

最敬礼に近い深々としたお辞儀に、困ってしまってアルヴィを見る。だが彼は顔をこちらに向けてはいたが、無言だ。唯央は内心、半泣きだった。

「ぼく、お礼を言われることは何もしてないよ」

「オウルに、もっとしっかりしてくださいって、言ってくれたでしょう」

そう言われて、頭を抱えたくなる。

「あ、うん。でもその話はちょっと……」

ちょっと困るどころの騒ぎではない。唯央は大いに弱っていた。

あの時は腹が立ったのと、言いがかりを諫めたかったのと、とにかくサージュを守りたいのとで、言わなくていいことをズラズラ言った。

しかも病人相手に。思い返しただけで、顔から火が出そうだった。

「親はどんなに苦しくても、ふんばってと言ってくれたと聞いて、涙が出そうでした。子供のお父さんは一人しかいないって言葉、胸に沁みます。オウルは酒浸りで、サージュがずっと、ひどい目に遭っていたから」

「あ、う、う、う、うん」

「オウルを叱ってくれたのは、唯央さまです。ありがとうございました」

唯央は聞いているだけで、恥辱で死にそうだ。ほとんど涙声でジンを遮る。

「も、もももももう過ぎたことだから。ね。ネッ⁉」

最後のネッは、ほぼ泣き声だった。

ジンの話だけ聞いていると、自分は救世主か聖人君子だ。

どんだけお偉いかと、泣きたくなる。

(アルヴィのいる前で言わないでほしかった……)

もちろん病院で何が起こったか、すでに話はしてある。だけど、だいぶ省略した報告だ。自分の恥ずかしい台詞(せりふ)はオールカットしてあった。

ここまで詳細に言われてしまうと、もう立つ瀬がない。

唯央が真っ赤になっている間も長々と話しちゃって。

「でも、自分を放棄しちゃ駄目だ、お父さんなんだからって言葉、俺も泣きそうでした」

「……泣き虫すぎだよ」

興奮している病人の傷口に、自分は塩を塗りまくった。

いくら頭にきたからといっても、もっとちゃんと言えないものか。

反省しながらも、気分はトホホだ。

「アルヴィさま、唯央さま。ありがとうございましたっ」

ジンはものすごく爽やかに言って、ワゴンを押しながら部屋を出ていく。

残されたのは冷や汗を流す唯央と、もの言いたげなアルヴィの二人きりだった。

「アルヴィ」

「はい」

「もしかして、さっき、怒ってた?」

「なんの話ですか」

「ジンが入ってきた時、なんか怒っているみたいだったよ」

そう言うと、彼は口元に笑いを浮かべ、唯央に向かって両手を差し出した。

「いらっしゃい」

素直に席を立ち、彼の座る椅子の前に立つ。すると、アルヴィは唯央の腰をぐっと引き寄せた。

「私は狭量な男なので、あなたが他の男に興味を示して、むくれていたんです」

「他の男って、ジンのこと?」

「興味だけでなく、もしも彼のことが好ましいと言い出したら、どうしようかと思って」

「ないない。どうしてそんなに、想像力が逞しいの」

「想像でしょうか」

「うん」

「しかし彼は、長身で逞しく、見た目もいい。あなたの好みでしょう?」

一発で言い当てられて、心臓が止まりそうになった。

「な。なななななに。そ。そそそそんな」

「図星ですね。どうりで顔が赤くなったり青くなったり、忙しいと思った」

ほとんどが正解だが、ちょっと違う。

「赤くなったり青くなったりしたのは、恥ずかしかったから」

見つめられて、笑ってしまった。

「恥ずかしかったのは、サージュのお父さんに説教したのを、アルヴィに聞かれちゃったから。自分がしっかりしていないのに、目上の人に説教なんて、ありえないもの」

「――――そんなことですか？」

「超重要だよ。すごく恥ずかしかったのに」

「サージュの父上に、何を言ったのです」

「ベッドの上に拘束されてて、禁断症状が出ていたみたいでね」

「本人ももちろん苦しいでしょうが、見舞い客も平常に見られる姿ではないですね」

「うん……。お父さんの罵声もすごかった。親にこんな真似(まね)しやがってとか、自分一人で、澄ました顔をしやがってとか、ずっと怒鳴ってた」

「薬と同じように、アルコールも禁断症状が厳しいといいますね」

「うん。親のあんな姿を見たら、本当に悲しいと思う。でも、お父さんは苛立(いらだ)ちをぶつけてくるし……。それでブチーッと切れた」

話を聞いて、アルヴィはまた笑った。

「あなたは見かけによらず、喧嘩っ早い」

「だって頭きちゃったんだもん」

そう言うと、ギュッと抱きしめられる。

「アルヴィ」

「はい」

「キスしていい？」

この唐突な要求に、アルヴィは訝しむこともない。ただ微笑むばかりだ。

「もちろんです」

即答されてしまって、照れくさい。誤魔化すように、えへへと笑った。それから身を屈めて、綺麗な唇にキスをした。

アウラやアモルには何度もする、当たり前のキス。それを繰り返した後、角度を変えてくちづけた。

軽いキスではない。お互いに貪るような、大人のキスだ。

「ん……、ん」

すぐに抱きかかえられて、唇が深くなる。触れ合えば触れ合うほど、心と身体が密着していくみたいだった。

「困りました」

何度も抱き合ってキスを交わした後、アルヴィが眉を寄せて呟く。

「今日は夜から、晩餐会の予定が入っていて、これは抜けられません」

「うん」

「ですから、この続きは夜に帰ってきてからになります。いいですね？」

「え……」

「この続きを、したくありませんか？　私はするつもりですが」

そう囁かれた瞬間、腰から下が蕩けるみたいにとろとろになって、恍惚の境地に落ちる。

自分の身体がバターかチーズみたいに、とろとろになった。

「ぼくも、……ぼくも、したい」

そう言うと引き寄せられて、額にちゅっとキス。

思わず目を瞑ると、小さく笑われた。そのことで、むっと見上げて目に入ったのは、熔けそうに甘い、アルヴィの笑顔だった。

□□□

「アウラ！」

キンダーガーデンの駐車場に停められた高級車。そこから響く、ものすごく晴れやかな声。その主は誰あろう、スピネルだ。

クリーム色のスーツに身を包んだ彼は、薔薇の花束を持っていた。それを見て、アウラはゲンナリした。

（唯央のときと、おんなじ……）

彼が唯央にアプローチをかけていた時も、ベルンシュタイン中の花屋から、薔薇の花を買い占めて猛攻撃していた。アウラはちゃんと知っている。

だいたい公宮殿でなく、キンダーガーデンに来るのは反則だ。

いくらペルラ国の皇太子で有名人であっても、警備上、何かあったらどうするのだ。

「アウラ、我慢できなくて、来ちゃった。ああ、キンダーガーデンの制服も、すごくお似合いだ。小さな紳士だね」

立て板に水の勢いでまくし立てられて、溜息が出る。

(おりじなりちーが、ない)

言うまでもなく、オリジナリティ。そんなものを要求する四歳児は、どうだろうか。

「ごきげんよう、スピネルでんか」

アウラがペコリと挨拶すると、迎えに来たマチルダも、深々とお辞儀をする。それに軽く手を振って、スピネルは笑った。

「可愛いナニーちゃん。今日もアウラのお迎えをありがとう」

にっこりと微笑(ほほえ)む彼を見て、アウラはこっそり思う。

(なんで、スピちゃんが、おれい?)

まさしく、『お前に礼を言われる筋合いはない』というやつだ。

そもそもスピネルが、アウラの父であるアルヴィを無駄に憎む理由は、筋違いだと幼児でもわかる。

美しく国民に愛される公世子の、父アルヴィ。眉目秀麗なだけではなく、優しく民衆に寄り添う性格と、オメガの保護を施行させる行動力。

それだけではない。子供の頃から優秀で、学業ではつねにトップ。成人してすぐに射止めた女性は、伯爵令嬢であり銀幕のスター。

そして彼女の死後に迎えたオメガの出自は、庶民。それだけでも国民の好感度が高いのに、人懐っこいオメガは、優しく愛らしいと評判だ。

(ぱぱ、かっこいい……)

わが父ながら、まったく隙がない。そんなアウラは、コテコテのファザコンだった。

「アウラ、さぁお送りしましょう。どうぞこちらへ」

車のドアを開けて誘うスピネルは、隙だらけでスッカスカだった。

「アウラじぶんちの、おくるま、ある」

そう。マチルダはアウラ専用の車で、迎えに来ている。もちろん勤勉で実直な運転手が、丁寧に走らせてくれるのだ。

「しらない、ちとの、くるまダメ」

セレブは、どのような危険に見舞われるかわからない。それゆえ、危機管理は徹底していた。教育の賜物である。

「知らない人って、ひどいなぁ。学生時代、ぼくはアルヴィのルームメイトだったし、さらに言えば、ルーナの幼馴染で、ペルラの皇太子だ。こんな安全な人間はいないよ」

ここに唯央がいたら、きっとこう言うだろう。

『うっわ、嘘がないのに、めちゃめちゃ嘘くさーい』

正論だ。アウラも同感である。嘘くささ満載。それでも彼は、皇太子である。

どうしたものかと思案した、その時。

「う、うううっ」

とつぜんの声に二人が振り返る。するとマチルダがお腹を押さえながら、しゃがみ込んでいた。ドアのそばに立っていた運転手が、慌てて顔を覗き込む。

「マチルダ、急にどうしたんだ?」

「ご、ごめんなさい。朝から調子が悪かったんですけど、急にお腹が痛くなって」

「大変だ。すぐ病院へ」

「いいえ、トイレに行けば大丈夫です。朝食に食べたものが、悪かったみたい……。アリル、急いで帰りたいです」

泣きそうな顔で訴える彼女に、名を呼ばれた運転手は、しっかりと頷いた。

「わかった。急いで戻りましょう」

この状況を見て、スピネルは口元をほころばせる。顔だけは無駄に美しいが、悪辣な笑みだ。彼の心情を的確に表してみよう。

『チャ――――――――ンスッ！』

このアクシデントを、利用しない手はない。ナニーと運転手は先に帰し、アウラと二人っきりでドライブだ。さんざん回り道もしよう。

その間、最愛の天使と後部座席で二人きり。この機会を逃さず、口説き落とす。

「完っ璧だ……」

そんな下衆なことを呟くと、満面の笑みになる。

「スピちゃん、かんぺきって、なぁに？」

「いやいや、こちらのこと。それよりナニーちゃんが大変だ。運転手さん、彼女を一刻も早く病院へ。私はアウラと、後から追いかけますので」

するとマチルダが鋭く叫んだ。

「いいえ！」

激しい制止を、彼女は言い放つ。

「今日わたくしは僭越ながら、アウラさまと朝食をご一緒しました。ですからアウラさまも、同じものを召し上がっています。食中毒なら、アウラさまも同じ！」

マチルダはそう言うと、すっくと立ち上がる。そしてアウラの手をギュッと握った。

「アウラさま、お腹が痛くならないうちに帰りましょう」

「えっ」

この「えっ」はアウラでなく、スピネルの「えっ」であった。

「ナニーちゃんは、病院に行かなくちゃ駄目だよ。アウラは私が責任を持って……」

「ありがとうございます。でも食中毒ならば、アルヴィさまや唯央さまも、症状が出ているかもしれません。集団食中毒なら大変です。屋敷で警戒態勢をとらなくては」

気迫ある目でそう言うと、ぺこりと頭を下げた。

「アウラさま、参りましょう」

マチルダはアウラと一緒に、屋敷の車に乗った。

「アリル、急いでください！」

そう言われて、運転手は慌てて席に戻りエンジンをかける。その音に、スピネルはハッとして顔を上げた。

「えっ、あの、えーと、アウラ！」

戸惑うスピネルを他所に車は走り出し、あっという間に視界から消えた。

「せっかく迎えに来たのに！　アウラちゃーん！」

がっくりと項垂れているスピネルだったが、その背後から声がした。

「失礼ですが、あなたは保護者の方でも、当園の関係者でもありませんね」

騒ぎを聞きつけた職員が出てきて、怪訝そうにしている。老年に近い女性は、背が低い。

白髪交じりの髪を、乱れもなく結っている。

隙のない瞳の彼女は、遠慮なくスピネルを睨みつけていた。

彼女の背後には、制服を着た屈強な警備員が、こちらをジロジロと見ていた。

哀れスピネルは、蛇に睨まれた蛙も同然だった。

「当キンダーガーデンの園長、ウィルと申します。何かトラブルでもございましたか」

物腰は丁寧だが、あからさまにスピネルを咎めていた。

「あ、いえ。私はこちらの園児を迎えに……」

「当方の園児さまは登録された車種、運転手、ご家族以外の方の送迎は、固くお断りいたしております。まさか、ご存じないので？」

「私は隣国の者でして、こちらの事情は、さっぱり……」

「隣国でございますか。失礼ですが、どちらのお国でしょう。あなた、お名前は」

「え？　私のこと、まさか知らないのですか」

「まったく存じ上げません」

無情にも言いきられて、スピネルの顔が引きつった。自分の名も顔も、広く知られている自負があったからだ。だがウィルは容赦ない。

「あなたと、そこの運転手。お二人とも、身分証と運転免許証をご提示ください」

このあからさまな言葉に、とうとうスピネルが切れた。

「私はベルンシュタインともつながりが深い、ペルラの皇太子、スピネルだ」

精いっぱい虚勢を張って言ってみたのは、ひれ伏せという気持ちからだ。だがウィルは、まったく表情を変えなかった。

それどころか、にべもなく言い放つ。

「警備員。すぐに警察に電話をして。当園の敷地内に、怪しい男が侵入したと」

近くにいた警備員は、すぐにどこかへ電話をかけようとしている。

その様子にスピネルは、呆然としていた。このような辱めを受けたことがない彼は、事態に対応できないのだ。

しかし、すぐに我に返る。

「ちょっと待て。警察に電話などしたら、国際問題だ」

「どのようなお立場でも、不法侵入は罪です。それに園児さまに話しかけ、どこかへ連れ去ろうとしましたね。これは犯罪ですので、警察に引き渡します」

この時のスピネルの顔は、ムンクの叫びに酷似していたという。

これはアウラの感想だ。

だが、なぜ立ち去ったはずのアウラが、スピネルの状況を知っているのか。

それは幼児を乗せた車が、戻ってきたからである。

ベルンシュタイン家の車が、園内の駐車場へと乗り入れ、停まる。運転手が降りてきて、後部座席のドアを開けた。警察に電話をしようとしていた警備は、なりゆきを見守っている。

すぐに制服を着たアウラが、降りた。

「まぁ、アウラさま」

ウィルが驚いた声を上げると、半泣きのスピネルが名を呼ぶのは同時だった。

「おお、アウラ……っ」

車から降り立った幼児は、ウィルとスピネルの両方を見て溜息をつく。

憂いを浮かべる幼児、その心は。

(ああ、やんなっちゃうー)

(スピちゃん、おとななのに、ダメっこ)

(アウラいないと、なんにもできないんだから)

ものすごく見下げ果てたことを考えながら、幼児は満面の笑みを浮かべる。

「ウィルせんせい、ごきげんようぉ」

ぷわぁーっと開く、満開の華に似た笑顔。鉄の女と言われたウィルも、思わずぱぁっと微笑んだ。

「アウラさま、どうなさったの。一度お帰りになったのに」

「うん、スピちゃんの、おむかえ」

小さな指で指し示すのは、みっともなく涙顔になっている、スピネルだ。

「えっ、この方、本当にお知り合い？」

この期に及んでも、不信感が満々のウィル。鋭い顔で睨みつけられたスピネルだが、迎えに来てくれたアウラへの、感謝と感激で瞳が潤んでいた。

「アウラ……っ」

縋るように名を呼ばれて、幼児は眉間がシワシワになる。

要するに、とても面倒だった。

それも当然で、相手は父親と同じ年齢。アウラからすれば、限りなくおじさん。その人が園の責任者に捕まって尋問をされていたのだ。

これを面倒と思わない人間はいない。

アウラは無理やり笑顔を作り、天真爛漫にこう言った。

「せんせい、このちと、ペルラの、こうたいしなの」

「えぇっ？　それ本当でしたの？」

「うん、ほんとう。ぱぱとパブリックスクールでぇ、ずーっと、いっちょ。あとねぇ、アウラの、ままの、イトコでぇおさ、……おささ、おさささ」

それは幼馴染だ。そこにいた全員が、無言で突っ込んだ。

「まぁ、アルヴィさまと、ルーナさまの……っ」

鉄の女ウィルは、ベルンシュタイン公国の民の例に洩れず、大公一家の大ファンだ。いつの世も、ロイヤルファミリーは人気がある。もちろん先日の君主の日も、ウィルはパレードを見に行った。最前列を陣取ったクチである。

「あとねぇスピちゃんは、唯央の、おともだち」

「えっ、唯央さまの！」

一気に熱量が上がる。それには、理由があった。

オメガの唯央。出自が庶民で、母一人子一人。家計を助けるために、バイトしまくっていた苦労人。しかもその母親が病気で、ずっと入院していたのだ。

苦難を乗り越えてアルヴィの番となった今、シンデレラストーリー好きな層に、人気大爆発。ウィルも例外ではなかった。

「君主の日、唯央さまは、お可愛らしかったですわ。殿下に肩を抱かれたら真っ赤になられて、初々しかったこと！」

鉄の女の口調が、熱を帯び始めた。アウラ、してやったり。

「アウラさま。唯央さまに、どうぞよろしくお伝えくださいませ」

「あい」

「アルヴィさまは銀幕のスターであられたルーナさまと電撃結婚。そしてその次は、庶民のオメガとのシンデレラストーリー。期待を裏切らない貴公子ぶりですわね！」

期待。どんな期待。そんな疑問が過ぎったが、取りあえず突っ込むことはしないで、無垢な笑みを浮かべるばかりだ。

「せんせい、スピちゃんと、いっちょにかえっても、いい？」

「もちろんですわ。さぁ、お車へどうぞ」

「うむ」

アウラはそう言うとスピネルの手を取って、さっさと車に乗り込んだ。スピネルが乗ってきた車は運転手ともども、駐車場に置きざりだった。

ベルンシュタイン家の車は、後部座席が対面式である。マチルダが座ったままお茶の支度をしていた。

「お疲れさまでございました、スピネルさま」

彼女はそう言って頭を下げると、いい香りのするお茶を差し出した。

「どうぞ。お気持ちが落ち着かれますよ」

スピネルは生き返ったような大きな溜息をつく。

「ナニーちゃん、ありがとう……」

感情が乱れているスピネルは、なぜマチルダがここにいるか、疑問を抱かなかった。

腹痛を起こし、屋敷内の食中毒を疑っていたのは、ぜんぶ芝居だった。

スピネルに対して、あからさまに不快な顔をしていたアウラ。彼を助けるために、マチルダは一世一代の、大芝居を打ったのだ。結果は大成功。

アウラとマチルダは、こっそり頷き合った。

何も知らぬは、スピネル一人。

その彼は熱い紅茶を啜りながら、納得いかんと溜息をつく。

ペルラの皇太子である自分の顔は、まったく浸透していなかった。

それだけでなく、オメガの唯央のほうが、国民に受け入れられていたからだ。

「悔しい……っ」

そう呟くと、煌びやかな金色の瞳から、宝石のような涙が零れた。

その姿に、マチルダは息を飲む。スピネルの心根は汚いが、容姿だけは美しい男だから、涙を流す姿も美しい。

アウラもその様子をじっと見ていた。だが斜めがけの通園バッグから、ハンカチを取り出すと、スピネルに差し出した。

「あい」

スピネルは目の前に呈された布を、じっと見つめた。

「アウラ、これ……?」

「なみだ、ふきふき、して」

たどたどしい言葉を聞いた瞬間、スピネルは蒼白となる。

「あ、あああ……っ」

はらはらと零れていた涙が、いきなり大粒になって頬を濡らす。その雫は顎を伝って襟元を濡らしていった。

アウラが慌ててハンカチで拭こうとすると、スピネルは真っ赤になり、胸を押さえた。

「スピちゃん?」

小首を傾げて彼の顔を見ると、いきなり叫ばれる。

「あぁあああっ、可愛いっ!」

その声の大きさにアウラとマチルダが驚き、スピネルを凝視した。向けられた視線の冷ややかさに、我に返ったようだ。

「い、いや、すまない。び、びっくりして、それで」

びっくりしたのは、こちらだ。この場にいた全員が、無言でそう思った。

何に驚いたら、可愛いという単語になるのか。マチルダは眉を寄せ、アウラは思案する。

「スピちゃん、だいじょおぶ?」

下から見上げるようにすると、またしても奇声を発せられる。

「そ、そんな清らかな瞳で、私を見ないでくれ!」

「う?」

「私は汚れている。穢いことばかり考えているんだっ。きみのように綺麗な人は、私なんかに構っちゃ駄目なんだ――――っ」

狭い車内で、この絶叫。キンキンしたので、アウラは両方の人差し指で両耳をふさいだ。

「スピちゃん、うるちゃい」

次の瞬間スピネルは勢いよく、ドアの内側に激突した。

「いたたた……」

痛いと言ったのはアウラで、ぶつかった当のスピネルは、頬を林檎色にしたままだ。

「ス、スピネルさま。大丈夫ですか」

マチルダが声をかけると、ルームミラーで様子を見ていたらしい運転手のアリルが、マイクで話しかけてくる。

「スピネルさま、お怪我は」

その問いかけに、スピネルはブンブン頭を振った。しかし、それでは伝わらない。仕方なくマチルダが、マイク越しに答えた。

「アウラさまとスピネルさま、ともにお怪我はございません」

「よかったです。ですが走行中は、十分にお気をつけくださいませ。万が一ドアが開いたら、大変なことになります」

アリルからの牽制は、重く響く。穏やかな声は、スピネルを名指しで叱責していない。それでも走行中の安全を守るための、当然の注意だ。

さすがのスピネルも、素直に謝るしかない。

「あ、ああ。わかっている……、わかっているよ。すまない」

一国の皇太子が醜態を演じ、それを運転手風情に注意される。それでもスピネルは、従順に謝った。

車内の空気は微妙で、その原因も自分だと、わかっているからだ。

彼の心情を端的に表現すると、いたたまれないの一言に尽きるだろう。スピネルにとって、これ以上ない屈辱のはずだ。

消え入りたい気持ちで俯いていると、何かが顔に押しつけられる。

「なに……」

やめろと言いかけて、声が止まった。

押しつけているのはアウラで、頬に触れているのは、焼き菓子だった。

「アウラ、これはなんの真似なんだい」

「ん」

「……ん、とはなんなんだ。それより、私は近くで降ろしてもらいたい」

そう言って運転手に伝えようとした。だが。

「ん！　ん！」

またしても、菓子を押しつけられた。それが口元にべったりつく。チーズの匂いがする。

どうやら、ベイクドチーズケーキらしい。

「アウラ、なんの意地悪なんだい。私は今とても気分が落ち込んでいるんだ。そっとしておいてくれないか。頼むよ」

「おち、こむ。だめぉ！」

だめぉ。

以前も緊迫した場面で、アウラが叫んだことを思い出す。だめぉ、と。

スピネルの両目に、またしても涙が盛り上がった。しかし、いくら美しい双眼といっても、何度も泣くと効果は薄れる。

幼児のアウラでさえ、そうだった。

（スピちゃん、なきむち、けむち）

泣き虫毛虫。ここまで幼児に蔑まれる皇太子が、他にいるだろうか。実に哀れだった。

手にした菓子をスピネルに向けて、よく見せる。

「あのねぇ。これは唯央の、ちぃーず、けーきなの」

「ああ……、ケーキ、ねえ……」

クリーム色の粘土かと思ったと、危うく口に出しそうになるが、無理もなかった。

めろめろ、ほろほろ、やわやわ、とろとろ。

柔らかすぎて、すぐに崩れそうな塊だったからだ。

「わたくしも、ごちそうになりました。蕩けるケーキで、すごくおいしかったです」

マチルダも話に入ってくる。だがスピネルには、どうでもよかった。そもそも、これがケーキとは信じがたい。

彼にとってスイーツとは、厳選した材料を使い、優れた一流のパティシエが作る芸術品なのだ。

甘いものをほとんど食べないが、スイーツに対する考えは、揺らがない。だからアルヴィのオメガが作ったケーキを、食べる気になれなかった。

「唯央が作ってくれたんだね。おいしそうだ。でも、私は甘いものが好きじゃないし、当家のシェフが作ったものしか、食べたくない。下げておくれ」

そう言って押しつけられた焼き菓子を遠ざけようと、手の甲で顔を覆った。

「ちぁうぉ、唯央のケーキは、ちぁうの」

「違う？ 見た目が不味そうところが？ それとも、旨くなさそうなところが？」

そう言ったとたん、いきなり口の中へ菓子を突っ込まれた。

「うわっ」

甘い塊は素朴で、どこか懐かしくもある味をしていた。しかし顔中がチーズケーキ。マチルダが慌てて差し出したティッシュで拭った。

「ひどいな、何をするんだい」

「唯央のケーキ、おいちいよ。たべるとね、しあわせ、なの」

「……どうしても、食べさせたいんだね」

「スピちゃん、げんきない。だから、たべて」

そう言われて、とうとう観念する。

唇の端に残っていたケーキの欠片を、改めて口に入れた。すると。

「甘い……」

ケーキであるから、甘いのは当然である。素人が作った、不格好な代物。

ふだんであれば、絶対に口に入れない。こんなものを勧めてくるのは、ものの味も知らない、無教養な奴らだ。嘆かわしい。

そう見下して腹の中で嗤う。それがスピネルという男だ。

だがしかし、このケーキは違った。

柔らかくて優しくて、作った人の心が流れ込んでくるみたいだ。

(アウラはなぜか、このケーキ好きなんだよね)

(なんで素人が作ったケーキなんか、食べたがるんだろう)

(シェフに申し訳ないじゃん、厨房を借りちゃってさ。あー、面倒だなー)

ブツブツ言いながら、丁寧に計量して混ぜて、オーブンに入れる。それから焼き上がりを待つ間、焼けたかかな? まだかかな? と何度も覗き込む。

（おいしくなーれ。おいしくなーれ）

歌うように囁きながら、素人ケーキを焼いていく。

愛しい子が喜んでくれるから。とびきりの笑顔が見たいから。

優しさが、じんわり沁みる。そんな味が確かにした。

どうしてか、唯央の心が流れ込んでくるみたいだ。慈愛に触れた気がして、また涙があふれてくるのを、止められなくて焦る。

スピネルは涙を拭うこともなく、頬や襟元に散ったケーキの欠片を、口に運んだ。

「おいしい」

そう呟くとアウラは、ぱぁっと笑顔になった。

「だぉね！」

「うん。……だぉね」

彼は子供の口調で返すと、笑いながら目元を拭った。

ルーナが遺した愛し子は、こんなにも素敵で優しく、健やかだ。

そしてそれは、ずっと一緒にいる唯央と、小憎たらしいアルヴィの、愛情の賜物なのだ。

認めたくはないが、それは確かだ。

そう思ったその時、車内スピーカーから、アリルの声が車内に流れる。

『お疲れさまでございました。到着です』

車はすでに敷地内に入り、屋敷の前に停まろうとしていた。

「おうち、とうちゃくぅ」

アウラが晴れやかな声で言う。車を停めた運転手が外に降り、ドアを開いた。

「わーい、ありがとぉー」

まずアウラが降り、スピネルが続いた。

彼が運転手に小さく言ったのは。

「……ありがとう」

ベルンシュタイン家の使用人は、主人から礼を言われ慣れている。だが、スピネルの従者が聞いたら、その場で腰を抜かしていたことだろう。

未だかつて使用人に礼など言ったことはなかったからだ。

「ルイス、おかえりー！」

「おかえりなさいませ、アウラさま。いらっしゃいませ、スピネルさま」

執事に深々とお辞儀をされて、居心地が悪いように、首の後ろを何度も擦(こす)った。

「ただいま唯央さまに、お取り次ぎさせていただきます。こちらでお待ちくださいませ」

「あぁ……、うん。いや、それより、当家の運転手を呼ぶから」

彼はそう言うと携帯を取り出し、通話をする。すぐにスピネルの車が到着すると、唯央が部屋から出てきた。

「アウラ、おかえ……、あれっ、なんでスピネルが、うちにいるの？」

アウラを迎えに出た唯央は、びっくりしている。

「アルヴィが出かけた後でよかった。いたら戦争になっているよ」

「どうして私と彼が、戦争をするんです」

「……アモルの薬のこと。ぼくもアルヴィも、まだまだ根に持っているから」

我が子の命が危険に晒されたのだ。この恨みは忘れまい。そのため、ふだんの唯央では考えられぬほど、きつい口調だ。

「もう昔の話じゃないですか」

取り成すように言うが、唯央は騙されなかった。

「ていうか、またロクでもない悪巧みでも、考えているんでしょう」

つけつけと言われて、立つ瀬がない。

「まぁ仕方ないから、お茶でも出しますよ。まぁ、仕方ないから」

心の底から嫌そうに言う唯央に、スピネルは頭を振る。

「いや、私はもう帰るから……」

いつものスピネルならば悪びれることなく、にやにや笑って言い返していただろう。

だが今は力なく頭を振るばかりだ。

「アウラがね、つれてきた」

張りきっている幼児に、意味がわからず首を傾げた、その時。

「う！」

突然の声に唯央とマチルダが振り返ると、アウラがすごい勢いで部屋に入っていった。何が起こったのかと、唯央も走って追いかける。

部屋の中に入った幼児は、ふんかふんかふんか鼻を動かして、部屋の中を検分していた。

「アウラ、いきなりどうしたの」

「あふたぬーんちー、の、においがする！」

「警察犬か……」

がっくりと脱力してしまった。仮にもベルンシュタイン公国の公子が、そんな特技があっていいものだろうか。

「唯央あふたぬーんちー、したでちょ！」

「うん、ジンに給仕してほしくて、アフタヌーンティーをお願いしたんだ」

「う」

ものすごく不平が滲(にじ)んだ、「う」だ。

「ううう。アウラも唯央と、あふたぬーんちー、したかったぁー」

「そっか。ごめんね。でも、今日はもう時間も遅いしなぁ。あと少しで、お夕飯できちゃうよ。今度は必ず、アウラのいる時間に、お茶にしようね」

「う」

「約束、約束。嘘ついたら、針千本飲んじゃう。ね？」

「うー」

ちょっとゴネたが、約束したらご機嫌が直った。

「そういえばスピちゃんがね、唯央のケーキ、おいちかったたって」

「何それ？」

アウラがチーズケーキの話をすると、唯央は肩を竦めた。

「まぁ、中でお茶でもどうぞ」

嫌々だが案内しようとすると、綺麗な手が遮るように上げられる。

「本当に今日は、もう帰ります。アウラ、またね」

いつもなら厚かましく図々しい彼が、歯切れ悪く呟いた。そして、迎えに来た車に乗り込んで、帰っていってしまったのだ。

「……あの人、何しに来たの？」

「スピちゃん、えーん、なの」

「えーん？　何か悪いものでも食べたのかな」

「ううん、それはね、マチルダちゃん」

「はぁ？」

アウラの言葉に、そばで控えるマチルダが、話が足りない箇所を補足し、唯央に話して聞かせる。

「なんだか、お疲れさまだったねぇ」

「いえ、仮病ですから」

いくら仮病でも、若い娘さんが言うにこと欠いて、トイレに行きたいとは。かなりなものだったろう。

だが彼女の気転で、アウラが面倒事に関わらずに済んだ。

「マチルダ、ありがとう。おかげで助かったよ」

そう労うと、彼女は満面の笑みを浮かべた。

「よし。じゃあ、まずアウラはお手々を洗って、アモルにただいましようか」

「あぁっ、アウラ、アモルちゃんに、ちゅーしてないっ」

「それは大変だ。つまらないことで時間を取ったね」

つまらないこと。スピネル殿下のことである。そして異論を唱える者は、この場に一人としていなかった。

「アモルちゃん、げんき、だったかなぁ。ああ、アモルちゃん、はちみついろ、の、おめめ、アモルちゃん。かわいい、かわいい、アモルちゃん」

大好きな蜂蜜トーストとアモルをかけているのだろうか。どこまでも弟ラブのアウラだ。

唯央も笑顔で、階段を上った。

そして翌日、アルヴィも休日で家族全員が寛いでいる、穏やかな時間。

執事のルイスが部屋に入ってくる。

「失礼いたします。唯央さま、お届け物が階下に到着しております」

「お届け物？」

「はい、スピネル殿下からです」

その名前を聞いた瞬間、のんびり本を読んでいたアルヴィの表情が変わる。何かとてつもなく嫌なものに遭遇した顔だ。

例えば、蛇とかが蜂とかが庭を横切った時に、浮かべる表情だった。

「また薔薇を大量にか？　あれをやられると、ベルンシュタインの花屋から薔薇がなくなって、大変なのになぁ」

ルイスは手に何も持っていなかった。きっと大量の薔薇だと、唯央は推察する。うんざりしていると、執事は小声で告げた。

「いいえ。今回は薔薇ではございません。お菓子でございます」

「お菓子？」

□□□

「……なんだ、こりゃ」

絞り出すような声は、唯央のものだ。

それもそのはずで、中庭にテントが張られ、白のコックコートに身を包んだ幾人ものパティシエが忙しそうに準備をしていた。

硝子（ガラス）ケースに並べられた、たくさんのケーキ。熱いコーヒーや紅茶、まさかのシャンパンと、フルートグラス。色とりどりのフルーツ。

それどころか、チョコレートファウンテンまで用意されていた。

しかし、バルーンとリボンで飾りつけられた空間は、非現実的すぎた。

「スピネル殿下からの、贈り物でございます」

執事の言葉に、嬉しさより嫌な顔しか浮かばない。こんなにわかりやすい、金にものを言わせている例はないだろう。

「こちらが唯央さま宛ての、カードでございます」

銀のトレイに乗せられた、箔（はく）押しされたカード。流麗な文字で、こう書いてある。

『昨日はチーズのケーキをありがとう。ほんのお礼です』

「あ、はい。ああハイ、そうですか……」

チーズと卵と牛乳を混ぜて、オーブンで焼いただけの物体。それが、こんな非常識な形で、返ってきました。

「一般家庭が食べる量じゃないよ……」

ゲンナリしていると背後から、きゃーっと華やかな声が上がった。

振り返ると夢を見るような顔のアウラと、びっくり顔のサージュ。そしてその後ろには、アルヴィ。

彼ら三人はベランダから石造りの階段を使って、降りてくるところだった。

「唯央、どうちたの。コレ、どうちたの！」

「……なんか、スピネルから、お礼、だってさ」

嫌々呟く。すると、浮かれたアウラの歓声がした。

「やったぁ！　サージュちゃん、プレゼントだって！」

隣のサージュは、不審げだ。

「これ、プレゼント?」

受け入れられないのも当然だ。庶民の唯央やサージュからすると、意味がわからない。

「遠慮なく、もらっておきなさい」

そこに響いたのは、冷静なアルヴィの声だった。

「昨日の話を総合すると、非はキンダーガーデンに乗り込み、多方面に迷惑をかけたスピネルにある。しかも当家のチーズケーキを食べたとか、許しがたい所業だ」

それを聞いて唯央の眉間に皺が寄る。当家のチーズケーキ。それは自分が手作りした、ちょっとしたおやつだ。

「怒るポイントって、そこ?」

コソッと訊くと、彼は真顔だった。

「もちろんです」

そう言われて、固まってしまった。

何を言っているのか。素人が作った、ただの塊。ただのチーズのケーキ。

その返礼に、これほどのパティシエを動員するのか。テントを張って、豪華なティーパーティが当然と、当たり前に言うのか。

「バカげてる……」

小さく洩れた呟き。だけど、唇が震えた。

「ぼくが作ったチーズのケーキに、そんな価値はないよ」

ぽろぽろと零れるのは、なんだろう。

なぜ、こんなに心が熱くなるのだろう。

「あなたのケーキには」

ふっと額に、温かいものが触れる。アルヴィの唇だ。

「この数億倍の価値がありますよ」

そう囁かれて、思わず抱きついた。彼はギュッと強く抱きしめてくれる。

「また、食べたいです。あなたの、チーズのケーキ」

「ばか……」

何度も抱きしめ合って、それからキスをした。周囲にたくさんのパティシエや、執事や、アウラやサージュがいることも忘れて。

「……はっ」

気づくと、周囲はそっぽを向いてくれている。慌ててアルヴィの身体を突き飛ばした。すぐに明るい笑い声がする。

「ひどい人だ。せっかく可愛く胸に収まっていたのに」

彼は快活に言うと、ルイスを呼ぶ。

「使用人たちに仕事の手を止めさせて、ここへ来るように伝えなさい。メイドも、料理人も、運転手も、清掃係も、みんなだ。集まったらパーティだぞ」

「かしこまりました」

忠実な執事は頭を下げて、使用人たちを呼びに行った。

まだかまだかと焦れるアウラに、アルヴィは皆が集まってからだと言い含める。

やがて使用人たちが集まったが、仕事の最中に呼びつけられたので、何事だと訝しんでいた。当然だろう。

アルヴィは近くにあったグラスを取ると、溌剌と言った。

「隣国ペルラの皇太子から賜わり物だ。どうか遠慮なく食べてくれ」

わけがわからず戸惑っている使用人たちに、アウラが言った。

「スピちゃんから、ぷれぜんと！　アウラちょこ、ふぁ、だいすき！」

きゃーっと大喜びでチョコレートファウンテンに向かった幼児を見て、使用人たちも恐々といった感じで、それぞれ皿とフォークを取る。

「おいしい」

「豪華ですね。すごいサプライズだ」

「昼からシャンパンなんて、夢みたいだね」

口々に言って笑い合う顔を見ていると、こちらのほうが幸せになる。

「すごいね。嫌だけどスピネルに感謝だな」

唯央がそう言うと、傍らのアルヴィに微笑まれた。

「これは、あなたが蒔いた種ですよ」

「え、そんな。ぼく、火種なの？」

そう言うと、彼は目元を細めた。

「そうじゃありません。あなたのチーズのケーキがきっかけでスピネルが、こんな席を用意した。結果的に使用人たちがハッピーになる。これは、あなたの幸福の種です」

「幸福の種……」

そう言われると、少し幸せな気持ちになる。

心の中のミルクは満ち足りていて、とても穏やかだった。

「なんか、よくわからないけど、皆が楽しいなら、それでいいや」

視線の先にはチョコレートファウンテンを制覇し、今度はクレープを作ってもらおうと、パティシエの前を陣取るアウラと、食べすぎを心配するサージュがいた。

「アウラとサージュと、もちろんアモルも、みんなが幸せなら、ぼくもハッピー」

そう囁いて、アルヴィの頬にキスをした。その左手の薬指には、彼にもらった真珠の指輪が、慎み深く光っていた。

彼から唇へ接吻されると、なぜかそれは蜂蜜の味がした。

end

あとがき

みんな大好きオメガバース！

前作をお手に取ってくださった皆様と、神イラストの蓮川愛先生、そして担当様と出版社様のお陰で、三作目を書くことが叶いました。嬉しい！

前二作をお手に取ってくださった読者様。感謝しかありません！


蓮川愛先生。今回もありがとうございました。

三年前、蓮川先生にイラストをご担当いただけると決まって、構想しましたシリーズ一作目の、『ミルクとダイヤモンド～公子殿下は黒豹アルファ～』。

これは蓮川先生ありきの作品です。なんと、三作目までなりました。

原作の拙さを補ってくださる、完璧で華麗なビジュアルと世界観。毎回カッコいいアルヴィ様と可愛くて少し抜けている唯央。愛くるしいアウラとアモルちゃん。スピネル殿下のカッコよさ。今回はどんなイラストだろうと、私がウキウキです。

蓮川愛先生、毎回すばらしい作品を、ありがとうございました。


担当様、シャレード文庫編集部の皆様。

いつもご面倒をおかけしております。今回は輪をかけてシャレにならない進行かと思われます。自分でも己の所業が信じられません。本当に申し訳ございませんでした。床に額を擦りつけて、お詫び申し上げます。

でも初校の改稿指示に「エロくて、大変よいと思います！」と書いてくださいました。エロくて大変よい！　エロくて大変よい！　大事なことなので二回！　コレ帯に入れてもらいたいぐらいです。ダメですか、ダメですね！

でも、ひゃっほう！　濡れ場に心血そそぐ主義の私に、これ以上はないお褒めの言葉。提出が遅れに遅れて、自己嫌悪のあまり凹んでいたので、救われた気持ちです。


営業様、制作様、販売店や書店の皆様。

関係各位様のおかげで、今回も本を出していただけました。ありがとうございます。

今後も、末永くよろしくお願い申し上げます。

読者様。お元気でいらっしゃいますか。

毎日が忙しい中、拙著をお手に取っていただき、感謝でございます。

皆様からのお手紙、アンケートはがきに添えられたコメント、ツイートなど、私の大切な宝物であり、貴重なガソリンです。お返事がなかなか出せずにすみません。

皆様からのお便りやアンケートはがきの狭いスペースに、ぴっちりと書かれた、ちっちゃい文字。それが、すごく好きです。

いただくお手紙やアンケートは、いつも愛にあふれていて、素敵なものばかり。読んでいると、あたたかい気持ちになります。

私はこの世にＢＬがなければ、機械のような日々を過ごしていたでしょう。実際、創作をしていなかった会社員時代、砂を嚙むような日々でした。

ＢＬ小説が書けて、読者様たちと出逢えたことを、神に感謝です。

今回のスピネル様とアウラちゃん話は、ここまで書くんか、という仕上がりになっております。自分でも、こりゃヒドイわ、と呟いたほど。

事実、初稿をお読みになった担当様もお電話で「こんな可哀想な話とは」と一言。あ、本文未読で先に後書きを読む派の皆様、ご安心ください。スピネル殿下は、ちゃんと幸福です。実は私、彼の密かなファン。書いていて、こんなに楽しいキャラはおりません。彼の恋の行方が、気になって気になって！

前作で蓮川先生が描かれた爽やかな笑顔を浮かべて、ありとあらゆる苦難を乗り切ると信じています。愛があるから書けた短編なんですよ。

それではまた次にお逢いできることを、心から祈りつつ。

弓月あや拝

弓月あや先生、蓮川愛先生へのお便り、
本作品に関するご意見、ご感想などは
〒101 - 8405
東京都千代田区神田三崎町 2 - 18 - 11
二見書房　シャレード文庫
「ミルクと真珠のプロポーズ」係まで。

本作品は書き下ろしです

ミルクと真珠のプロポーズ

2023年10月20日　初版発行

【著者】弓月あや

【発行所】株式会社二見書房
東京都千代田区神田三崎町 2 - 18 - 11
電話　03(3515)2311 [営業]
　　　03(3515)2313 [編集]
振替　00170 - 4 - 2639
【印刷】株式会社 堀内印刷所
【製本】株式会社 村上製本所

落丁・乱丁本はお取り替えいたします。
定価は、カバーに表示してあります。

ISBN978-4-576-23112-9

https://charade.futami.co.jp/